적룡무제
赤龍武帝

DECA MEDIA

적룡무제 6

초판 1쇄 2025년 12월 24일

지은이 천봉 · **발행인** 김정수 · **고문** 이종주
발행처 데카미디어 · **출판등록** 2025년 4월 17일
주소 서울시 영등포구 당산로 214 · **E-mail** tradejjang0@gmail.com
유통 · 판매 관리 (주)행운사 · **Tel** (031)901-1137 · **FAX** (031)901-4140
E-mail luckybogo222@naver.com · luckybogo222@daum.net

ISBN 979-11-7513-045-6 (6권)
ISBN 979-11-993499-6-4 04810 (세트)

천봉 신무협 장편소설
6
적룡무제
赤龍武帝

차 례

1장
닥쳐오는 위기

황도로 향하는 이환의 행렬을 지켜보는 자들이 있었다. 그들은 이미 며칠 전부터 이환의 행렬을 쫓는 중이었다.

한 노인이 물었다.

"저자가 금군의 수장에 오른 사황자이냐?"

"예, 그렇습니다."

이환을 응시하는 노인의 두 눈이 마치 뱀의 그것처럼 섬뜩한 빛을 뿌렸다.

"금군이 고관대작들의 경호를 자처하고 나서는 바람에 상당한 피해가 발생했습니다. 처음 몇 번은 방심했다고 여겨 더 강한 자들을 투입했는데, 지금까지 대부분의 작전에서 실패하고 말았습니다."

"손해야 갚아 주면 될 일."

노인이 안광을 번뜩이며 말을 이었다.

“그런데 말이다. 저자가 이곳으로 온다는 정보를 누가 흘렸을까? 마치 우리더러 들으란 듯이 저잣거리에 소문을 퍼트렸던데 말이지.”

“이황자 쪽이 아닐까요? 소문에 이황자 쪽도 저자를 상당히 의식한다던데 말입니다.”

“하면 우리를 이용해 저자를 제거하겠다는 심산이군.”

“아마 그런 거 같습니다.”

휘이잉!

바람이 노인의 머리카락을 쓸고 지나갔다. 노인은 손을 들어 얼굴을 간질이는 머리카락을 쓸어 내며 싸늘히 중얼거렸다.

“그나저나 병력을 고작 저 정도밖에 대동하지 않았다는 건 그만큼 자신이 있다는 것인데…….”

“저자의 호위들이 엄청난 고수라고 하였습니다. 하지만 회주께서 직접 오셨으니 더 많은 병력을 대동하지 않은 걸 후회하게 될 것입니다.”

수하의 확신에 찬 어조에도 노인은 신중했다.

“황도까지 충분한 시간이 남았다. 섣불리 나섰다가는 실패할 수도 있으니, 모두에게 내 명령이 있기 전까지는 절대 공격하지 말라고 전해라.”

“알겠습니다.”

잠시 후 사방으로 전서구가 날아올랐다. 노인이 웅크렸

던 몸을 일으켰다.

"일단 돌아간다."

"예, 회주."

일각 정도의 시간이 흘렀을 때, 노인이 머물렀던 곳에 두 명의 흑포인이 유령처럼 모습을 드러내었다.

홍월의 살수들이었다.

"역시 놈들이 움직였군요."

"저잣거리에 그렇게 소문을 냈는데 듣지 못했다면 그게 더 이상한 일이지."

"덕분에 일이 쉬워지겠습니다."

"저들이 많이 왔기를 바랄 수밖에."

한 흑포인이 이환 일행을 응시하면서 차갑게 웃었다.

"달랑 저 정도 병력만 대동하고 오다니. 어쩌면 이번 작전은 예상보다 훨씬 수월하게 마무리 지을 수도 있겠군. 후후후."

"그렇습니다. 대군의 호위들이 아무리 강하다 해도 저 정도 인원이면 문제 될 건 전혀 없을 거 같습니다. 어쩌면 두 마리 토끼를 다 잡을 수도 있지 않겠습니까?"

"우리의 최우선 목표는 대군이 아니라 조광이다. 대군은 상황을 봐서 노린다."

"물론입니다."

이태지의 거처.

문이종이 그와 독대했다.

이태지가 대뜸 물었다.

"어떻게 되었소?"

"저잣거리에 소문을 냈으니, 놈들의 귀에 반드시 들어갔을 것입니다. 하면 지금쯤 움직이고 있을 테지요."

"놈은 병력을 얼마나 대동했소?"

"기존의 호위 몇 명에다 금군 백여 명만 대동한 채 떠났다고 합니다."

"흥!"

이태지의 입가에 차가운 미소가 걸렸다.

"자신을 노리는 세력이 한둘이 아니라는 걸 알면서도 고작 그 정도 병력만 데려갔다? 요즘 승승장구하더니 하늘 높은 줄 모르고 건방을 떨고 있군."

"우리로서는 다행이 아니겠습니까?"

딸그락.

차를 한 모금 마신 이태지가 눈빛을 가라앉히며 다른 말을 꺼냈다.

“놈보다는 조광을 죽이는 일이 더 중요하니 제대로 해야 할 것이오. 무슨 일이 있더라도 조광을 반드시 죽여야 태자궁을 곤경에 빠트릴 수 있소.”

“염려 마십시오. 우리 홍월의 최고 살수들이 움직였으니 원하시는 결과를 가져올 것입니다.”

“만에 하나 실패하였을 시 어떻게 해야 할지는 굳이 말하지 않겠소.”

“실패하였을 시 죽음으로써 비밀을 유지할 것이니 염려하지 마시지요.”

문이종은 대답하면서 내심 웃었다.

‘당신 아버지도 두려워했던 홍월의 최고 살수들이오. 그들이 직접 나섰으니, 실패란 절대 있을 수 없소.’

“대총관.”

“예, 저하.”

“폐하와는 왜 사이가 틀어진 거요? 듣기로 대총관은 폐하의 그림자라 불렸다고 하던데…….”

“…….”

난데없는 질문에 문이종은 즉답하지 못했다. 하지만 그 시간이 오래가지는 않았다.

“폐하께서 한마디 언급조차 없이 갑자기 홍월의 해체를 명하셨습니다. 그 이유는 지금도 모르고 있습니다.”

"해체 이후에 한 번도 뵙지 못했소?"

"예."

"폐하가 원망스럽소?"

묘한 의미가 담긴 질문에 문이종은 더 묘한 답을 내놓았다.

"과거는 이미 잊었습니다. 소신은 오직 황후마마와 저하의 뜻에 따를 따름입니다."

이태지의 두 눈이 가늘어졌다.

문이종의 답에 담긴 의미를 이해한 것이다.

"수고했으니 이만 가 보시오."

"예. 하면."

이태지의 거처를 나선 문이종은 곧장 거처로 향했다. 측근이 곁을 따랐다.

"아이들은 떠났느냐?"

"예. 지시하신 대로 두 명을 골라서 보냈습니다. 아마 지금쯤이면 대군 일행을 지켜보고 있을 것입니다."

"태자궁 쪽 움직임은."

"여전히 별다른 움직임은 보이지 않고 있습니다."

"태자는 속을 알 수 없는 인물이다. 상황이 종료될 때까지 예의 주시하여야 한다."

"알겠습니다."

잠시 후 문이종이 돌연 걸음을 멈췄다. 그러고는 어딘가를 조용히 바라봤다.

황후가 아니면 누구도 드나들 수 없다는 황궁의 금역이 존재하는 쪽이었다.

'그곳에 계십니까, 폐하.'

알 수 없는 말을 뇌까리며 한 사람의 얼굴을 떠올린 문이종의 두 눈에 흐릿한 살기가 내려앉았다.

한때는 그의 전부였던 존재, 황제였다.

쏴아아!

갑자기 비가 내렸다.

도시에서 멀찌감치 떨어진 곳을 이동하던 이환은 숲으로 들어가 비를 피할 것을 지시했다.

다행히 멀지 않은 곳에 제법 큰 관제묘가 있었다.

이환과 조광, 그리고 주요 인물들은 모두 관제묘로 들어갔고, 금군의 무사들은 우거진 숲을 이용해 비를 피했다.

"마시겠소?"

"고맙소."

조광은 이환이 내민 술을 마다하지 않았다.

"황궁에 들렀다가 곧장 금군의 사령부로 이동하게 될 거요."

"금군의 사령부는 왜 가는 것이오?"

"태자의 거처로 금군의 사령부가 결정되었소."

"……!"

이환의 그 말에 조광이 적잖이 놀랐다. 파파도 마찬가지였다. 조광의 신분을 생각하면 황궁에서 머무는 것이 당연한 일이었기 때문이다.

"어째서 황궁이 아니라 금군의 사령부에서 머문단 말이오?"

"태자궁에서 그렇게 결정했소."

"태자궁이 이번 일을 맡은 것이오?"

이환은 묵묵히 고개를 끄덕였다.

"황후와 이황자 쪽이 당신네를 딱히 반가워하지 않소. 해서 이번 사건을 태자궁에 일임했고, 태자는 내게 당신의 안전을 부탁했소."

이환은 살짝 말을 바꿨다.

조광의 낯빛이 무겁게 굳어졌다. 누구보다 관계가 찜찜한 이환에게 자신의 안전을 맡겨야 한다니.

"걱정하지 마시오. 난, 과거의 악연 따위에 연연하는 사람은 아니니까."

그 말을 하며 이환은 파파를 응시했다.

파파는 감히 마주 보지 못하고 고개를 숙였다.

우르릉!

쩌저적!

천둥 벼락이 사납게 몰아쳤다.

바람까지 더해지면서 관제묘의 낡은 창을 통해 빗줄기가 들이쳤다.

"무옥."

"예."

"주변 경계를 강화하도록 해."

"알겠습니다."

"시간이 걸릴 듯하니 눈이라도 잠시 붙이도록 하시오."

이환은 그 말을 하고 벽에 비스듬히 몸을 기댔다. 그런 이환을 응시하는 파파의 눈빛이 묘했다.

'멀리서 지켜볼 때와는 완전히 다른 사람처럼 보이는구나.'

이곳까지 이환과 함께하면서 그녀는 지금껏 경험하지 못한 위압감을 느꼈다. 조나라의 황제나 서남왕도 이 정도의 위압감을 전하진 못했다.

그건 조광도 마찬가지였다.

이미 이환에게 크게 당한 바가 있어서 소문과는 확연히 다를 것으로 생각하고 있었지만, 설마 이 정도일 줄은 몰랐다.

'가볍게 던지는 말 한마디, 한마디에 엄청난 위압감이 담겨 있다. 그리고 저런 눈빛은 무림의 고수들도 지니지

못한 것인데…….'

그것만이 아니었다.

관제묘 한쪽에 팔짱을 낀 채로 앉아 있는 철무옥과 주태는 함부로 쳐다볼 생각조차 못할 정도로 섬뜩한 기운을 뿌려 대고 있었다.

'어쩌면 파파가 포기하고 돌아온 것이 당연한 일일지도.'

조광은 나지막이 숨을 고르며 벽에 몸을 기댔다.

이럴 때면 어김없이 서남왕이 떠올랐다.

그를 떠올리면 주체할 수 없는 분노에 치를 떨어야 하는 조광이었다.

그때였다.

덜컹!

문을 열고 금군의 장수가 들어섰다.

"대군, 북쪽에서 수상한 자들이 접근해 오고 있습니다."

"제가 가서 살펴보겠습니다."

주태가 일어섰다.

이환은 벽에 기댔던 몸을 바로 했다.

조광이 조금은 불안한 눈빛으로 물었다.

"걱정해야 할 상황이오?"

"어쩌면 가는 동안에 성가신 일이 벌어질 수도 있소. 내가 적이 좀 많아서 말이오."

"……."

담담히 대답한 이환은 파파를 향해 곧장 말을 이었다.

"혹시 교전이 벌어지면 태자의 호위는 노파에게 맡기지."

"그리하겠습니다."

우르릉!

쩌저적!

멀지 않은 곳에서 뇌전이 떨어지며 굉음이 울렸다. 반쯤 떨어진 관제묘의 창문을 통해 뇌전을 맞은 나무가 불길에 휩싸이는 것이 보였다.

하지만 불길은 이내 거센 빗줄기에 의해 빠르게 소멸했다.

쏴아아.

누군가에게는 질식할 것만 같은 침묵의 시간이 아주 천천히 흘러갔다. 그렇게 얼마나 지났을까?

덜컹!

주태가 돌아왔다.

"대략 이백여 명쯤 되는 놈들이 관제묘를 향해 접근해 오고 있습니다. 아무래도 느낌이 좋지 않습니다."

"꽤 험난한 시간이 되겠군."

이환은 조광을 직시하며 말을 이었다.

"자기 자신을 지키는 데 최선을 다하시오."

"……알겠소."

조광이 허리춤의 검을 끌렀다.

스르릉!

검집을 빠져나오는 검신에서 화려한 광채가 일어났다. 비가 오는 날씨에 이런 광채를 뿜는다는 건 보검이 아니면 불가능한 현상이었다.

"태자를 상징하는 검이오?"

"그렇소."

"권토중래를 꿈꾼다면 그 검이 부러질 각오 정도는 해야 할 거요."

이환은 천천히 일어섰다.

뒤따라 지금껏 말없이 자리를 지켰던 고미가 검을 뽑았다.

스르릉.

"꽤 험한 싸움이 될 거다. 하니 한순간도 집중력을 놓치지 않도록 집중해."

"알겠습니다."

이환은 비로소 검을 뽑으며 조광을 향해 말했다.

"이 안에 있으면 더 위험할 거요. 어쩌면 접근하는 자들 외에 다른 누군가가 당신을 노릴 수도 있으니 말이오."

"서남왕 휘하의 무림인들이 이곳까지 올 리는 없소. 설사 나를 죽이기 위해 떠났더라도 시간적으로 절대 불가능하오."

"말했지 않소. 황후와 이황자는 당신을 환영하지 않는다고."

"……."

"당신이 죽으면 태자궁이 가장 곤란해질 거요. 그들이 가장 원하는 건 바로 그것이니 내 말에 따르시오."

"……알겠소."

주태가 문을 열었다.

이환은 비바람이 몰아치는 밖으로 천천히 나섰다. 조광과 파파가 뒤를 따랐다.

파파가 조광을 안심시켰다.

"소신이 곁에 있으니 너무 걱정하지 마시옵소서, 전하."

쏴아아!

"대군! 접근하는 자들의 수가 너무 많습니다."

밖에서 금군과 함께 대기하던 부장 손영이 다가왔다. 지붕 위를 경계하던 검왕, 도왕 일맥의 무사들이 일제히 이환의 주변으로 떨어져 내렸다.

이환은 손영을 직시하며 물었다.

"방어진을 익혔나?"

"예!"

"그럼 바로 방어진으로 전환시켜."

"알겠습니다!"

손영이 금군에게로 돌아갔다. 뒤이어 금군이 세 무리로 갈라지며 원형의 방어진을 갖췄다. 소수로 다수를 상대할 때 최적화된 방어진으로, 좁은 공간에서 가장 위력을 발휘한다고 알려져 있었다.

이환이 앞으로 나서자 고미가 말했다.

“앞은 위험합니다. 진형 뒤에 계십시오.”

“두 배가 넘는 적이 다가오고 있는데 그럴 순 없지. 대신 월주가 뒤에 남도록 해. 내가 신경 쓰지 않게끔.”

“그럼 저도 앞으로 나가겠습니다.”

척!

이환이 고미의 어깨에 손을 얹었다.

“널 얕봐서가 아니다.”

“……!”

“난 죽지 않아. 그럼 너도 살아야지. 그래야 앞으로 계속 네 도움을 받을 수 있을 테니까. 다시 말하지만 너는 내게 아주 중요한 전력이다. 그리고 너는 네가 상상하는 그 이상의 일을 해야 할 사람이니 여기서 널 잃을 순 없다.”

“……!”

고미는 더 나설 수가 없었다. 이환의 눈빛은 그만큼 진심을 담고 있었다.

결국 그녀는 뒤로 물러섰다.

“조심하십시오.”

이환은 손영이 포진한 방어진의 앞으로 천천히 나섰다.

철무옥과 주태가 그의 좌우를 지켰다.

조광은 이환의 뒷모습을 응시하며 눈빛을 떨었다.

파르르…….

지금 이환의 모습은 자신이 평생 꿈꿨던 그런 모습이었다.

따르는 자들을 위해 가장 앞서 적을 향해 나아가는 주군. 바로 저런 주군이 되기 위해 무공 수련을 포함한 모든 방면에서 피나는 노력을 했었다.

하지만 자신은 그러지 못했고, 모든 걸 잃은 지금 곁을 지키는 수족은 파파 혼자뿐이었다.

꽈르릉!

쩌저적!

뇌전이 어둠을 몰아내며 작렬했다.

그 순간 수풀 너머에서 다가오던 자들이 하얗게 드러났다가 이내 어둠에 묻혔다.

그때였다.

이환의 몸에서 일곱 개의 빛이 떠오른 것은.

역천회(逆天會).

세상은 그들을 두고 예언을 따르는 자들이라 불렀다. 최근 들어서 황족과 고관대작들을 암살하면서 세상에 그 존재를 드러낸 자들.

회명(會名)처럼 그들은 반란을 꿈꾸는 자들이었다. 또한 연나라의 역사에서 정쟁(政爭)에 휩쓸려 죽어 간 수많은 자들의 후손이기도 했다.

그들의 꿈이자 최종 목표는 이씨를 몰아내고 새로운 왕조를 세우는 역성혁명(易姓革命)이었다.

그 중심에 노인, 회주가 있었다.

꽈르릉!

쩌저적!

뇌전의 기운이 스치고 지나간 회주의 얼굴이 얼음장처럼 희고 차갑다.

뱀의 그것처럼 새카만 두 눈동자는 금군의 앞에 우뚝 서 있는 이환의 얼굴에 고정되었다.

"수적으로 열세인 것을 알면서도 앞으로 나선다? 저 행동이 허세가 아니라면 온 세상이 저자에게 속고 있음이리라."

회주의 두 눈에 어리는 감탄의 빛.

이런 상황에서 앞으로 나선다는 건 절대 쉽지 않은 일이었다. 하물며 황족이면 더더욱 그러했다.

'뛰어난 황족이라면 더욱더 죽여야겠지.'

회주에게는 이환을 반드시 죽여야 할 이유가 하나 더 생기는 순간이었다.

스르릉.

회주가 검을 뽑았다.

검신을 가른 핏빛 혈조가 마치 악마의 그것처럼 번뜩이며 빗물을 흘려보냈다.

"저자는 우리의 대적인 태자궁의 검이나 다름없는 자. 오늘 무슨 일이 있어도 저자를 죽여야 하느니라. 다들 필사의 각오로 임하라!"

"예!"

채채채채챙!

이백에 달하는 역천회도들이 일제히 무기를 뽑았다. 그 사나운 기세에 맹렬하게 쏟아지던 빗줄기가 이리저리 휘어지는 기현상이 벌어졌다.

그때 그들의 머리 위로 일곱 개의 빛 덩어리가 떠올랐다.

빛은 회주의 머리를 지나 그 뒤쪽에서 소리 없이 떨어졌다.

퍼퍼퍽!

"크악!"

"끄아악!"

난데없이 터진 처절한 단말마에 회주의 고개가 벼락같이 돌아갔다.

일곱 명의 역천회도가 머리에서 피를 쏟으며 꼬꾸라지고 있었다. 파공성도 그 어떤 기척조차 느끼지 못한 까닭에 역천회도 모두가 한순간 흠칫했다.

그때 누군가 다급하게 외쳤다.

"기습이다! 주변을 경계하라!"

"크아악!"

"끄악!"

어둠 너머에서 터지는 처절한 단말마.

그곳을 바라보는 이환은 두 눈에서 혈광과 청광이 번갈아 가며 번뜩였다. 하지만 이내 본연의 심유함을 되찾았다.

'일곱 개를 완성했다.'

이전까지 다섯 개였던 빛이 일곱 개로 늘어났다.

그것은 자신의 시대에서 무제의 칭호를 받기 직전의 상태까지 회복하였음을 의미했다.

예상보다 빠른 회복 속도에 이환은 만족했다. 그는 손영을 돌아보며 나지막이 명령했다.

"발검."

"발검하라!"

채채채챙!

세 개의 방어진을 형성한 금군의 기세가 빗줄기를 몰아냈다.

우르릉!

쩌저적!

뇌전이 다시 어둠을 몰아내며 하얗게 번뜩였다. 역천회의 공격이 시작된 것도 바로 그때였다.

빗줄기가 휘몰아치는 어둠 너머에서 전장을 지켜보는 자들이 있었다.

홍월의 살수들이었다.

"방금 그건 뭐였습니까?"

"글쎄다. 나도 저런 건 처음 보는데……."

그들은 이환이 펼친 일곱 개의 빛을 두고 놀람과 의문에 휩싸여 있었다. 마치 반딧불이처럼 떠오른다 싶더니 순식간에 일곱 명을 쓰러뜨렸다.

다만 그들은 이환이 그것을 펼쳤다는 건 모르고 있었다.

"어느 쪽이 우세할까요?"

"승패는 상관없다. 우린 그저 혼란이 최고조에 달했을 때, 조나라 태자의 목만 베면 그뿐이다."

유난히 시린 청포를 걸친 자가 조광을 응시했다. 조광은 파파와 함께 뒤쪽에 서 있었다.

실룩.

"잔뜩 긴장하고 있군."

"이상합니다. 어째서 노파 한 명만 태자의 곁을 지키는 걸까요?"

"상대해야 할 적의 수가 훨씬 많으니, 대군도 조나라 태자에게 호위 병력을 내주지 못하는 것일 터. 그래도 방심은 금물이다. 태자의 곁을 끝까지 지키고 왔다면 고수일 가능성이 매우 높다.”

“알겠습니다.”

이들은 파파의 정체가 무정검니라는 사실을 까맣게 모르고 있었다. 그래서 방심은 금물이라 말했지만 이미 방심하고 있었다.

그때였다.

또다시 일곱 개의 빛이 떠오르는 것이 보였다. 두 살수의 눈이 살짝 커졌다.

“엇. 또 나타났습니다.”

“대군의 몸에서 일어난 거 같은데?”

“저도 그렇게 보았습니다.”

두 살수의 눈동자가 빛이 움직이는 궤적을 좇았다. 그리고 빛이 떨어진 곳에서 처절한 단말마가 터지자 두 눈이 다시 한껏 커졌다.

“세상에 저런 무공이 있었다니.”

“놀랍습니다. 대군이 저런 무공을 펼칠 수 있다니요. 이건 정보에 없던 것인데 말입니다.”

두 살수가 놀라는 와중에 공격하는 쪽과 방어하는 쪽의 처절한 혈투가 본격적인 막을 올리고 있었다.

까가강!

콰지직!

"크아악!"

"으악!"

"저들인가 봅니다. 그 강하다는 대군의 호위무사들 말입니다."

한 살수가 철무옥과 주태를 응시하며 두 눈을 한껏 치떴다. 그들은 마치 양 떼 속에 풀어놓은 늑대처럼 죽음의 칼춤을 추고 있었다.

"지금부터 눈앞에서 벌어지는 모든 걸 무시해라. 우린 그저 우리에게 주어진 임무에 집중한다."

"알겠습니다."

수하를 다그친 한 살수.

그는 교전이 조광의 주변을 날카롭게 살폈다. 전장에서 십 장 정도 떨어진 곳 주변으로는 말과 관제묘밖에 없었다.

"관제묘 뒤쪽으로 내려간다."

"예."

두 살수는 은밀하게 숲을 타고 관제묘를 내려갔다. 내려가면서 관제묘 주변을 살폈지만 더 이상의 금군은 없었다.

잠시 후 관제묘 뒤쪽까지 내려선 두 살수는 다시 전장을 바라봤다.

이환이 맨 앞에서 적들을 향해 공격을 퍼붓고 있었다. 폭우를 가르며 난무하는 청광.

그 너머에서 마구 피어오르는 혈무(血霧), 그리고 처절하게 죽어 가는 자들.

두 살수의 눈에 이환은 마치 하나의 거대한 철벽처럼 보였다.

'돌아가면 대군에 대한 지금까지의 모든 정보를 무시하고 원점에서부터 다시 조사할 필요가 있겠구나.'

'이제 이것도 가능해졌군.'

치르륵!

빗줄기가 떨어진 이환의 검에서 하얀 수증기가 피어올랐다. 두 번의 공격으로 다섯 명의 적을 죽였다. 불과 얼마 전까지는 불가능했던 상승초식을 펼쳤는데 그 결과는 매우 만족할 만한 수준이었다.

"죽엇!"

두 명의 적이 이환을 향해 달려들었다. 동시에 이환의 검이 허공을 갈랐다.

번쩍!

퍼퍽!

"크악!"

또 한 명의 적이 머리가 잘려 날아갔다. 다른 한명은 검을 든 팔이 팔꿈치에서부터 뎅강 잘려 날아갔다.

이환은 싸늘히 웃었다.

'너흰 때를 잘못 택했다.'

그때였다.

쐐애액!

좌측에서 섬뜩한 기운이 이환을 향해 날아들었다. 부장 손영의 다급한 외침이 터졌다.

"대군! 위험합니다!"

외침의 여운이 채 가시기도 전에, 이환을 노리고 달려들었던 자의 상체가 비스듬히 기울어지더니 아래로 툭 떨어졌다.

촤아악!

쏟아지는 피와 내장.

이환의 얼굴을 덮은 피는 이내 빗줄기에 씻겨 내려갔다.

"쳐라!"

"우와악!"

콰지직!

숲을 헤치고 나선 자들이 금군의 방어진을 뒤쪽에서부터 달려들었다.

"으악!"

순식간에 금군 몇 명이 피를 뿌리며 쓰러졌다. 방어진의 위력은 이환의 예상치에 훨씬 미치지 못하는 수준이었다.

특히 좌측의 방어진의 피해가 순식간에 늘어났다.

하지만 철무옥과 도왕 일맥의 무사가 가세하면서 대형이 무너지는 것을 막아 냈다.

철무옥의 외침이 전장을 쩌렁쩌렁 울렸다.

"물러서지 말고 자리를 지켜라!"

그의 대도가 적의 머리를 형체도 없이 날려 버렸다. 또 다른 적이 그를 향해 달려들다가 무사의 대도에 수직으로 쪼개지는 참혹한 죽음을 맞았다.

퍽!

"끄아악!"

철무옥이 무사들을 향해 외쳤다.

"너희들이 진의 전위를 맡는다!"

"예, 대장!"

꽈악.

검을 쥔 조광의 손등에 굵은 힘줄이 올라왔다.

조나라의 황궁무학을 익혔으나 실전 경험이 거의 없었던 까닭에 지금 조광은 매우 긴장하고 있었다. 아미파의 보검을 늘어뜨린 파파는 눈앞의 적이 아닌 주변을 경계하고 있었다.

교전이 시작되면 눈에 보이지 않는 적을 경계하도록.

조금 전, 교전이 막 시작되기 전에 이환이 파파에게 내린 지시였다.

'대군은 태자 전하를 노리는 놈들이 있을 거라 확신하고 있다.'

파파는 생에 최고로 감각을 끌어올렸다.

현 상황에서 조광을 지켜 줄 사람은 오직 자신뿐이기에 그녀는 미리 십이성의 공력을 온몸에 골고루 담아두고 여차하면 검공을 펼칠 준비를 마쳤다.

꽈르릉!

쩌저적!

뇌전이 세상을 하얗게 물들였다가 사라졌다.

바로 그때였다.

파파의 두 눈이 광채를 번뜩였다. 뒤이어 오른쪽 귀가 살짝 움직였다.

'관제묘 뒤쪽이다.'

관제묘 뒤쪽에서 아주 흐릿한 기척이 감지되었다. 하지만 아직은 사람인지 짐승인지 식별이 불가능한 상황이었다.

치르륵.

그녀의 검이 하얗게 변해 갔다.

[뒤쪽을 경계하십시오, 전하.]

파파의 전음에 조광은 흠칫했다. 하지만 관제묘를 돌아보는 우를 범하지는 않았다.

[만에 하나 소신이 역부족이라 판단되시면 대군의 곁으로 이동하십시오.]

"……!"

꽈악.

치아가 파고든 조광의 입술이 파리하게 변했다.

그때였다.

파파의 검이 허공을 갈랐다. 동시에 관제묘 뒤쪽에서 두 줄기 섬광이 일어났다.

조광의 두 눈에 빗줄기를 헤치며 달려드는 자들이 비수처럼 파고들었다. 그중의 한 명이 파파를 무시하고 조광을 향해 날아들었다.

조광은 왼발을 앞으로 내밀며 발검 자세를 취했다.

하지만 살수는 그의 곁에 이르기도 전에 머리가 비스듬하게 쪼개지며 꼬꾸라졌다.

"컥!"

팟!

파파의 어깨에서 피가 튀었다.

또 다른 살수가 조광을 향해 달려들었다. 조광은 수중의 검을 들어 청포인을 향해 일도양단(一刀兩斷)의 수법을 펼쳤다.

"맞서지 마십시오!"

파파의 입에서 다급한 음성이 터졌다.

꽈앙!

"욱!"

검과 검이 부딪혔건만 마치 뇌전이 작렬한 것 같은 엄청난 충격파가 주변을 몰아쳤다. 치솟는 진흙과 나뭇가지들 속에서 묵직한 신음이 흘러나왔다.

한순간 시야가 가려진 파파는 조광이 있던 곳으로 몸을 날렸다.

촤아악!

솟구쳤던 진흙이 걷히면서 휘청거리는 청포인의 모습이 파파의 눈에 들어왔다.

하지만 파파는 조광부터 살폈다.

조광은 두 손으로 검을 치켜든 채로 한참 뒤로 밀려나 있었다. 그런 그의 입가로 피가 흘러내렸다. 내상을 입었음이 분명했다.

"전하!"

그 와중에 살수는 숲 너머로 사라졌다.

"전하! 괜찮으시옵니까!"

"……괜찮아."

우웩!

조광이 기어코 피를 토했다.

파파는 황급히 그를 부축하며 주변을 살폈다. 다행히 살수는 사라졌고 주변에서 걸려드는 기척도 없었다.

"저곳으로 모시겠습니다."

파파는 조광을 관제묘로 이끌었다. 그러고는 관제묘의 벽에 그를 바짝 붙여 세우고, 자신은 두 걸음 앞으로 나섰다. 언제 어디서 살수가 나타날지 모르는 상황에서 벽을 등지는 건 최선의 한 수였다.

"조금만 참으십시오, 전하."

"파파는 괜찮나?"

"소신은 괜찮습니다!"

주르륵.

파파의 뺨을 타고 눈물이 흘러내렸다.

언제나 자신을 냉정하게 대했던 조광이었다. 단 한 번도 따뜻한 말을 건넨 적도 없었다.

그랬던 조광이 자신의 안위를 물었다.

'얼마나 불안하실까.'

조광의 속내를 모를 리 없는 파파는 억장이 무너지는 기분이었다.

꽈악!

파파는 입술을 깨물며 감각을 최고조로 유지했다. 그러면서 전장을 바라봤다.

"……!"

파파의 두 눈이 한껏 커졌다.

적이 물러가고 있었다.

살수의 공격을 막아 내는 그 짧은 시간에 교전은 이미 막을 내리고 있었다.

'대체 무슨 일이…….'

번쩍!

"크악!"

"으악!"

이환의 검이 도주하는 적의 몸을 사정없이 갈랐다. 쏟아지는 피와 내장 위로 또 다른 적들이 쓰러졌다. 철무옥과 주태, 그리고 이왕(二王) 일맥의 무사들은 미처 도주하지 못한 적들을 닥치는 대로 베어 쓰러뜨렸다.

"우리가……."

조광의 목소리가 가늘게 떨렸다.

"저런 자들을 상대하려고 했던 건가?"

휘청!

조광이 손으로 벽을 짚으며 휘청거리자, 파파가 재빨리 그를 부축했다.

"다른 생각은 마시옵고 오직 전하의 안위만을 생각하십시오."

꽉!

조광이 파파의 팔을 잡았다.

"고맙다, 파파. 덕분에 이 구차한 삶을 이어 갈 수 있게 되었어."

"……전하."

파파는 터져 나오려는 울음을 간신히 눌러 참았다. 조광이 허리를 곧추세웠다.

"이제 그만 대군에게 가자."

"우와아!"

금군의 무사들이 함성을 질렀다.

승전의 기쁨보다는 살아남은 것에 대한 환호였다. 지금 여기에서 죽음을 생각하지 않았던 무사는 한 명도 없었다.

그만큼 적은 머릿수에서 압도적이었다. 또한 초반의 공세 역시 대단했었다.

고미와 부장 손영이 재빨리 이환의 곁으로 다가왔다.

"대군! 괜찮으십니까?!"

이환은 말없이 손영과 고미의 몸부터 살폈다.

"소장은 괜찮습니다!"

"저도 괜찮습니다."

"사상자들부터 돌보도록 해."

"예! 대군!"

철무옥과 주태, 그리고 이왕 일맥의 무사들이 다가왔다. 다행히 모두 무사했다. 하지만 두 명은 검상(劍傷)을 입었는지 가슴과 허리에서 피를 흘리고 있었다.

"치료부터 해."

"견딜 만합니다!"

"말 들어."

이환은 뒤를 돌아봤다.

조광과 파파가 다가오고 있었다. 이환은 조광의 창백한 안색을 보며 담담한 어조로 물었다.

"괜찮소?"

"괜찮소."

이환은 마지막으로 파파를 직시했다. 그런 그의 눈빛이 제법 차가웠다.

"태자의 곁에서 한 걸음도 떨어지지 않았어야 했다."

"……!"

파파는 내심 놀랐다.

이환이 지켜보고 있을 줄은 상상조차 하지 못했다. 하물며 한눈조차 팔 틈이 없는 혈전을 펼치고 있었지 않은가.

"심려를 끼쳐 드렸습니다. 죄송합니다, 대군."

파파는 머리를 숙였다.

이환은 조광에게 말했다.

"부상자를 수습할 때까지 잠시 관제묘로 들어가서 쉬도

록 하시오.”

이환은 먼저 관제묘로 향했다.

잠시 후 관제묘로 들어서자, 고미가 술을 꺼내어 내밀었다.

“드시겠습니까?”

“고맙다.”

벌컥벌컥!

이환은 술을 반쯤 비우고 남은 것을 조광에게 내밀었다.

“속이 불편해서 사양하겠소.”

이환은 나머지를 마저 비우고 벽에 몸을 기댔다. 조광이 잠시 머뭇거리다가 입을 열었다.

“구명지은을 입었소. 이 은혜, 절대 잊지 않겠소.”

“그렇게 고마워할 것 없소. 당신이 죽으면 나나 태자가 곤란해지니, 우리를 위해 최선을 다했을 뿐이오.”

파파가 머리를 숙였다.

“대군의 조언 덕분에 미리 집중할 수 있었습니다. 감히 갚지 못할 은혜를 입었습니다.”

“아미파의 무공 중에 근접전에서 위력을 발휘할 수 있는 초식들이 많은 걸로 아는데, 다음부터는 그걸 활용하도록 해.”

“……!”

[네가 무정검니라는 건 이미 알고 있었다.]

파파는 하마터면 신음을 뱉을 뻔했다.

이환은 그런 파파에게서 시선을 거두고 벽에 머리를 기대며 눈을 감았다. 고미가 그런 이환의 곁에 앉았다.

이환을 응시하는 그녀의 눈빛이 지금과는 확연히 달랐다.

'내가 본 최고의 모습이었어.'

가슴이 뛰었다.

지금껏 살아오면서 오늘의 이환 같은 모습을 본 적은 없었다. 오늘의 이환은 마치 하늘에서 뚝 떨어진 신장(神將)이나 다름없었다.

그 모습은 소름이 끼칠 정도로 강렬하여 무공에 대한 놀라움조차 초월할 정도였다.

그때 이환이 눈을 감은 채로 물었다.

"다쳤나?"

"아, 아닙니다."

"심장이 너무 빨리 뛰잖아. 내상을 입은 거면 치료부터 해."

"아닙니다. 괜찮습니다."

고미는 자신도 모르게 손으로 가슴을 지그시 눌렀다. 한편으로는 이환의 집중력에 혀를 내둘렀다.

'심장 박동까지 느끼시다니.'

"좀 잘 테니 수습이 끝나면 깨워라."

"예, 대군."

이환은 눈을 감았다.

잠을 청하려는 것이 아니라 교전 중에 보았던 한 노인 때문이었다.

'그 늙은이가 우두머리인 것 같았는데…….'

노인이 병력을 지휘하는 걸 똑똑히 보았다. 하지만 그를 죽이려 움직이지는 못했다.

자신이 자리를 비우면 금군의 피해가 늘어날 것을 우려한 까닭이었다. 다행이라면 상대도 이쪽으로 다가오지 않았다는 점이었다.

만약 그가 직접 교전에 참여했더라면 아주 힘든 싸움이 될 수도 있었으리라.

'누가 보낸 놈들일까?'

위기는 모면했지만, 이환의 머릿속은 오히려 더 혼란스럽게 변해 갔다.

부장 손영은 수습 중에도 자꾸만 이환이 있는 관제묘를 힐끗거렸다. 사상자 수습이 시급하지만, 자꾸만 눈이 가는 것은 어쩔 수 없었다.

죽은 무사들을 생각하면 비통하지만, 전투에서의 이환을 떠올리니 괜히 가슴이 떨렸다.

'대군께서 가장 앞서 적을 맞으셨다.'

지금껏 수많은 상관과 함께하면서 오늘 같은 일은 본 적이 없었다. 그가 함께했던 그 어떤 상관도 적을 두고 먼저 나서기보다는 뒤로 물러서서 몸을 사리기에 바빴었다.

하물며 금군의 수장이기 이전에, 황가의 대군인 이환이라면 당연히 몸을 사리는 게 먼저여야 했다.

'우리 금군이 비로소 존경할 수 있는 분을 만났구나.'

금군에서 잔뼈가 굵은 손영에게 그것만큼 기쁜 일은 없었다. 지나칠 정도로 정치적이었던 전임 수장과 저절로 비교되면서 그 마음은 더 들뜰 수밖에 없었다.

"후욱!"

손영은 다시 수습에 전념했다.

"대군, 수습을 끝냈습니다."

관제묘 안으로 들어선 손영이 곧장 보고했다.

"전사자 열두 명에, 중상자 셋, 경상자 여섯입니다."

"전사자의 검과 패는 챙겼나?"

"예. 빠짐없이 챙겼습니다."

이환은 벽에 기댔던 몸을 일으켰다.

조광은 맞은편에서 파파의 도움을 받으며 내상을 치료

하고 있었다. 여전히 안색은 창백했지만, 파파가 진기를 불어넣어 준 까닭에 한결 나아진 안색이었다.

이환은 담담히 물었다.

"이동이 가능하겠소?"

"가능하오."

조광이 파파의 손길을 떨쳐 내고 바로 앉았다.

철그럭.

이환은 검을 챙겨 일어섰다.

"그럼 바로 떠나도록 하겠소."

밖으로 나서니 금군은 이미 떠날 준비를 마친 채 대기하고 있었다.

이환은 한 무사가 끌고 온 전마에 올랐다.

"이동한다."

"이동한다!"

파르르…….

떠나는 이환의 뒷모습을 응시하는 회주의 눈빛이 가늘게 흔들렸다.

흔들리는 눈동자 깊숙한 곳에는 경악과 분노가 혼재되어 있었다.

'대체 이게 어떻게 된 일인가? 기껏해야 황궁무학을 익혔을 황가의 대군이 이렇게 강할 수 있다니…….'

전장에서의 이환은 소름이 끼칠 정도로 강했고 잔혹했으며 무자비했다.

그 모습이 너무나도 압도적이어서 직접 제거하기 위해서 움직일 마음조차 갖지 못했다.

회주의 시선은 이환의 뒤를 따르는 철무옥과 주태, 그리고 이왕 일맥의 무사들을 향했다.

'뭔가 처음부터 크게 잘못되었다.'

이환의 호위가 강하다는 건 알고 있었다

하지만 그 정도가 자신이 알고 있던 것보다 훨씬 더 강했다. 그들이 초전에 수하들을 너무 많이 죽이는 바람에 작전이 제대로 꼬여 버렸고, 그 결과는 실로 허망한 퇴각이었다.

'이럴 수가 있다니…….'

그때 측근이 다가왔다.

"뒤를 쫓겠습니까?"

회주는 잠시 침묵을 지켰다. 그리고 꺼낸 대답은 측근의 예상을 완전히 빗나갔다.

"총단으로 돌아간다."

"……예?"

"저자를 죽이고자 여기 있는 모두를 죽일 순 없다. 총단으로 돌아가 더 완벽한 기회를 노릴 것이다."

"알겠습니다."

"일단 부상자들부터 수습하거라."

"예, 회주."

측근은 역천회도들이 모여 있는 곳으로 돌아가며 고개를 갸우뚱했다.

회주가 이런 식으로 쉽게 포기하는 경우는 단 한 번도 없었다. 하물며 여전히 상대보다 머릿수에서 우세한 상황이지 않은가.

한 인물이 가라앉은 목소리로 말했다.

"정보가 크게 잘못되었다. 대군의 호위도 호위이지만 대군이 그렇게 강할 줄은 진짜 꿈에도 몰랐다."

"저잣거리에 저들의 행적을 퍼트린 자들은 대군이 저렇게 강하다는 걸 알고 있을까? 알고 있어서 우리를 이용할 목적으로 일부러 소문을 퍼트린 거겠지?"

"어쩌면 그럴지도."

모두는 걸어가면서 이환을 떠올렸다.

'악마가 있다면 그때 그 모습이리라.'

그들의 눈에 비친 이환은 악마 그 자체였다. 이환은 마치 보라는 듯 수하들의 목이 아닌 사지를 가차 없이 자르는 수법을 펼쳤다.

그 잔혹함에 꽤 많은 수하가 공격 목표를 이환에게서 엉

뚱한 자들로 바꾸다가 목숨을 잃었다.

한 측근이 회주를 돌아봤다.

회주는 빗속에서 미동조차 하지 않고 있었다.

'이처럼 큰 실패는 처음이니 당연히 충격이 크셨으리라.'

이 한 번의 전투에서 그동안 황족과 고관대작을 죽이면서 잃은 수하들의 몇 배를 더 잃었다.

더 속이 쓰린 건, 역천회에서 상위에 드는 고수들도 제법 잃었다는 점이었다.

'빌어먹을…….'

역천회가 떠난 직후.

참혹했던 전장의 한복판으로 한 사람이 모습을 드러내었다.

조광의 암살을 시도했다가 간신히 빠져나간 홍월의 살수였다.

그는 피비린내가 진동하는 전장을 가로질러 동료의 시신이 있는 곳으로 향했다. 머리가 반쯤 날아간 채 죽어 있는 동료에게 이르러 청포인은 무릎을 꿇고 얼굴을 어루만졌다.

'함께 돌아가기로 철석처럼 약속했는데, 이렇게 너만 싸

늘히 식은 채 이곳에 남게 되었구나. 미안하다.'

청포인의 눈가가 붉어졌다.

하지만 눈물을 흘리지는 않았다. 그러면 오히려 죽은 동료에게 더 미안할 것 같아서였다.

'그 늙은이…….'

청포인은 파파를 떠올리며 살광을 머금었다.

처음부터 그녀가 무림인이라 짐작했고 조광의 호위이니 보통은 아닐 거라 예상했지만, 설마하니 그렇게 강할 줄은 몰랐다.

만약 파파에게 동료가 그렇게 빨리 당하지만 않았어도 조광을 죽일 수 있었을 것이다.

'빌어먹을…….'

살수는 지그시 두 눈을 감았다.

홍월에서 실패는 곧 죽음을 의미한다. 어쩌면 죽음보다 더한 치욕을 맞게 될 수도 있었다.

그러하기에 차마 돌아갈 마음이 생기지 않았다. 하지만 그래도 돌아가야 했다.

'모두가 대군에게 속고 있었다. 그의 무위를 전해야 한다.'

이 사실을 윗선에 전해야 했다. 설사 실패의 책임을 물어 죽을지라도.

살수는 잠시 더 동료를 지켜보다가 일어섰다. 그러다가 뭔가를 느끼고는 벼락같이 돌아섰다.

"……!"

한 사내가 서 있었다.

주태였다.

챙!

청포인은 재빨리 검을 뽑았다.

'분명 대군과 함께 떠나는 걸 봤는데…….'

주태는 청포인을 조용히 쳐다봤다.

몰래 돌아가서 관제묘에 숨어 있어라. 하면 누군가가 나타날 것이다.

이환의 명령이었다.

'하여간 귀신같은 분이란 말이지.'

주태는 웃으며 살수를 응시했다.

"많이 놀란 모양이군."

"……!"

"칠칠하지 못하게 실패나 하고 말이야. 그러고서 살수라 할 수 있겠냐?"

주태는 청포인을 향해 천천히 다가갔다.

살수의 검이 강기를 일으켰다. 하지만 주태는 조금도 아랑곳하지 않았다.

"이황자가 보냈나?"

살수는 대답하지 않고 검에 모든 공력을 담았다.

하지만 이미 그는 절망하고 있었다. 전장에서 보았던 주태는 자신이 감당할 수준이 아니었다.

하물며 자신은 다친 상태이지 않은가.

"순순히 실토하면 고통 없이 죽여 줄 수도 있는데."

"닥쳐라!"

"역시 안 되겠지?"

치르륵.

"그럼 그냥 죽여 줄게."

두두두!

주태가 달려와 곧장 이환에게 보고했다.

"말씀하신 대로 어떤 놈이 나타나길래 죽였습니다. 다만 정체를 확인하지는 못했습니다."

"수고했다."

"한데 놈이 현장에 나타날 건 어떻게 아셨습니까?"

"놈이 숲에서 전투를 지켜보는 걸 우연히 봤을 뿐이야."

"그게 전부입니까?"

"더 있어야 하나?"

"……아닙니다."

주태는 머리를 긁적이며 철무옥의 곁으로 다가갔다. 철무옥이 그의 전신을 쓸었다.

"지극히 멀쩡하니 걱정하지 마라."

"강한 상대였나?"

"뭐, 그냥저냥."

"사로잡아서 정체를 물어볼 생각은 안 해 봤나?"

"그 정도로 약한 상대는 아니었거든?"

"그래?"

"뭐냐, 그 눈빛은?"

"내 눈빛이 어때서?"

"사람 이상하게 쳐다봤잖아."

"내가?"

"그래, 방금 이상한 눈으로 쳐다봤잖아."

그때였다.

"조용히 해라."

이환의 한마디에 둘은 입을 꾹 다물었다.

고미가 두 사람을 보며 흐릿하게 웃었다. 그녀는 이내 이환의 뒷모습을 응시했다.

태자 이소의 목소리가 머릿속에서 울렸다.

막내를 주군으로 섬겨야 할 것이다.

그때 그녀의 심정은 '내가 왜?' 이것이었다.

하지만 지금껏 함께 생활하면서 조금씩 생각이 바뀌었고, 오늘에 이르러 이환을 가슴에 품었다.

물론 사내가 아닌 섬겨야 할 주군으로.

'아직까지는 나쁘지 않아.'

2장

조광, 금군의 사령부에 들다

황궁.

문이종의 집무실로 한 중년인이 들어섰다.

"대군이 돌아왔습니다. 조나라 태자 조광도 함께 입궁하였습니다."

"뭐라?"

탁!

문이종이 읽던 책을 덮으며 측근을 올려다봤다. 측근이 당혹스러운 표정으로 말했다.

"그리고 임무를 맡겼던 둘 모두 돌아오지 않았습니다."

성공을 확신했던 문이종의 얼굴이 곤혹스러운 빛으로 물들었다. 수하들이 돌아오고 말고를 떠나 조광이 무사히 입궁했다면 당연히 실패를 의미하는 것이었다.

당장 이태지의 얼굴이 떠올랐다.

'아주 거품을 물겠군.'

"금군 중에 부상자들이 제법 있었습니다. 그렇다면 흉적들이 우리가 흘린 정보를 듣고 뒤를 쫓아갔다는 건데, 왜 실패했는지 이해가 가지 않습니다."

"조나라 태자의 호위가 고수였거나, 아니면 다른 이유가 있었겠지."

문이종은 다 식어 버린 차를 냉수처럼 들이켜고는 다른 것을 물었다.

"대군과 비월의 월주는 살펴보았느냐?"

"둘 다 지극히 멀쩡해 보였습니다. 비월의 월주는 생글생글 웃기까지 하더군요."

"……!"

꿈틀.

문이종의 눈썹이 송충이처럼 꿈틀거렸다.

"무능한 것들. 아무짝에도 쓸모없는 황족이나 대신들은 잘도 죽이더니……."

"아무래도 제대로 된 경로를 통해 입수한 정보가 아니라서, 확신을 갖지 못한 채 소수만 대군을 노리고 쫓아갔을 수도 있지 않겠습니까?"

"그럴지도."

"한데 조나라 태자가 황궁이 아니라 금군의 사령부에 머물 거라는 소문이 돌고 있습니다."

"뭐라?"

"이미 조나라 태자의 망명이 전해진 직후부터 그런 소문이 돌았습니다. 모르셨습니까?"

"그걸 왜 지금 보고하는 것이냐!"

"죄송합니다. 딱히 중요한 게 아니라고 판단하여……."

문이종은 머리를 뒤로 젖히며 두 손으로 관자놀이를 눌렀다.

"알았으니 그만 나가 봐."

"예."

중년인이 돌아가자, 문이종은 한동안 관자놀이를 강하게 눌렀다.

꾹꾹!

"둘 중 하나는 처치해야 했는데……."

문이종은 자리를 박차고 일어섰다. 그러고는 벽에 걸어두었던 겉옷을 걸치고 집무실을 나섰다.

이태지에게 일단 보고는 해야 했다. 그의 신경질적인 반응을 생각하니 머리가 다시 지끈거렸지만 미룰 순 없는 노릇이었다.

밖으로 나선 문이종의 좌우로 호위들이 따라붙었다. 홍월 소속의 무사들이었다.

문이종은 광장을 가로질러 이태지의 거처로 향했다. 걷던 도중 태자궁이 있는 쪽을 돌아봤는데, 그 앞에 철무옥과 주태가 서 있는 것을 발견하고는 눈빛을 번득였다.

둘 다 피가 말라붙은 옷을 그대로 입고 있었다.

'격전을 치른 흔적인데…….'

그렇다면 자신이 보낸 살수들은 어째서 조광을 죽이지 못한 걸까? 대군 일행이 흉적들을 상대로 격전을 치렀다면 틀림없이 기회는 있었으리라.

그때였다.

태자궁 안에서 고미가 나서는 게 보였다. 문이종의 두 눈이 대번에 싸늘히 식었다.

'명줄이 제법 길구나, 계집.'

이환만큼이나 반드시 죽여야 할 대상이 바로 고미였다. 이환의 눈과 귀 역할을 하는 그녀를 제거한다면 이환의 활동 반경을 최소화할 수 있을 것이다.

문이종은 자신을 향해 곧장 다가오는 고미를 직시했다. 고미가 대뜸 물었다.

"실패해서 많이 아쉽겠어요?"

"지금 무슨 소리를 하는 것이오?"

"무슨 말인지는 대총관께서 더 잘 아시지 않나요?"

"허허. 월주가 이렇게 뜬금없는 사람인 줄은 미처 몰랐소이다. 지금 저하를 뵈러 가는 길이니 할 말이 있거든 언제든 내 집무실로 오시구려."

"곧 다른 곳에서 뵙죠."

의미심장한 말을 뱉은 고미는 철무옥과 주태를 데리고 다시 태자궁으로 들어갔다.

그녀의 뒷모습을 응시하는 문이종의 두 눈이 한순간 살기를 번득였다.

'증거 없이는 아무것도 할 수 없다는 것쯤은 네년이 더 잘 알고 있을 터. 어디 언제까지 목숨을 부지할 수 있을지 두고 보마.'

가뜩이나 실패 때문에 심기가 불편했던 문이종은 고미의 건방진 태도에 짜증이 치밀었다.

"저 계집에게 사람을 더 붙여라."

"알겠습니다."

이태지와 문이종이 마주 앉았다.

이태지는 조광이 입궁한 사실을 이미 알고 있었다. 하여 화가 단단히 나 있었다.

"우리 대총관께서 또 실패한 모양이오?"

"면목 없습니다, 저하."

문이종은 변명하지 않았다.

이런 상황에서는 그냥 깔끔하게 인정하는 게 최선이었다.

"이제 어떡할 생각이오?"

"근본도 없는 자들을 끌어들인 것이 실수였습니다. 하여 다음에는 절대 실패할 수 없는 계획을 짜도록 하겠습니다."

"당신 아들도 그런 변명을 자주 하곤 했지."

이태지의 눈빛이 변했다. 그는 의자에 상체를 깊게 묻으며 비아냥거리듯 말했다.

"자신이 없으면 지금이라도 물러나시오. 그 자리를 대신할 사람은 얼마든지 있으니까."

"한 번만 더 기회를 주십시오, 저하."

"그놈의 한 번만 더, 한 번만 더! 내가 언제까지 그런 말을 들어야 할까!"

쾅!

탁자 위의 찻잔이 바닥으로 떨어졌다.

문이종은 아랑곳하지 않고 말을 이었다.

"대군의 뒷배는 태자궁입니다. 결코 쉬운 상대가 아니라는 건 저하께서도 잘 아시지 않습니까? 이번에도 우리 정보에 없는 자들이 대군과 함께했을 가능성이 높습니다. 하여 소신은 그저 최선을 다하고자 할 뿐이며, 몇 번을 실패하든 반드시 목적을 이룰 것이라는 뜻을 말씀드리는 것입니다."

"당신의 의지가 미심쩍군. 혹시 다른 생각을 품고 있는 거 아니오?"

"그는 제 아들을 죽인 원수입니다. 어찌 다른 생각을 품을 수 있겠습니까. 하니 제 의지는 의심하지 말아 주십시오."

문이종의 지극히 담담한 태도에 이태지는 화가 더 치밀었다. 하지만 여기서 더 흥분할 순 없었다. 문이종과 관계가 틀어지면 홍월을 잃게 될지도 모른다.

"냉수를 가져오너라!"

한 무사가 냉수를 갖고 왔다. 이태지는 한 그릇을 다 비운 뒤에 말했다.

탁!

"이제 조광은 됐고, 넷째를 제거하는 데 총력을 기울이도록 하시오."

"조나라 태자를 처리할 해법은 찾으셨는지요?"

"어마마마께서 직접 움직이실 거요."

그 말에 문이종이 고개를 들어 이태지를 직시했다.

"어떤 방법인지 여쭈어도 될는지요?"

피식.

이태지의 입가에 흐릿한 웃음이 걸렸다.

"대총관."

"예, 저하."

"우리와 손을 잡았다고 자신의 위치를 망각하진 마시오. 선을 지키지 않으면 대총관은 다시 범부의 신세를 면치 못하게 될 거요."

주제넘게 나서지 말라는 뜻이었다.

문이종은 조용히 머리를 숙였다.

"그저 궁금하였을 뿐이니 곡해는 말아 주십시오. 하면 소신은 이만."

이태지가 일어서서 나가려는 문이종의 뒤에다 대고 한마디 더 했다.

"누가 대총관과 홍월의 정보에 접근을 시도하고 있소. 지금까지는 내 인맥을 이용하여 위험한 선 이상까지 접근하는 것은 모조리 차단했지만, 언젠가는 뚫릴 수밖에 없을 터. 기밀 유지에 최선을 다해야 할 것이오."

"명심하겠습니다."

머리를 조아린 문이종이 돌아갔다.

이태지는 애써 억눌렀던 화를 드러냈다.

"저러니 폐하께 버림을 받았지. 빌어먹을 영감탱이 같으니."

태자궁.

이환과 이소가 마주 앉았다.

뒷자리에 고미, 철무옥, 그리고 주태가 모여 있었다. 태자의 거처는 처음이었던 철무옥과 주태는 살짝 긴장한 기색이었다.

아무리 무림의 고수라도 태자의 거처가 주는 무게감은

쉽게 감당할 수 있는 게 아니었다.

둘은 차를 마시며 이환과 이소를 응시했다.

이미 많은 대화를 나눈 이환과 이소였다.

말미에 이환이 불쑥 물었다.

“만약 황후가 조광을 내놓으라고 하면 거부할 방법은 있긴 한 겁니까?”

“조금 더 명확하게 말해 보거라.”

“가령 황후가 조나라 서남왕과 모종의 거래를 통해 그 대가로 조나라 서남왕이 조광의 송환을 요구하고 나온다면 거부할 방법이 없을 것 같은데 말입니다.”

“혹시 그러한 상황을 처음부터 가정하고 조광을 황궁에 두지 않고 금군의 사령부로 데려간다고 한 것이냐?”

“뭐, 겸사겸사.”

이소가 물었다.

“하면 그런 상황이 닥쳤을 때 너는 어찌할 생각이냐?”

“제가 먼저 여쭤봤습니다.”

이환의 시큰둥한 반응에 이소가 빙그레 미소를 지었다. 하지만 곧 미간을 좁히며 난색을 드러내었다.

“그 부분까지는 생각하지 못했다. 황후마마가 조나라의 서남왕과 거래하는 일은 당연히 없어야겠지. 있어서도 안 될 일이고. 명색이 연의 황후인데 설마 그러기까지야 할까.”

“황후에게 그렇게 당했으면서도 저보다 더 모르시는

거 같습니다? 그런 사람은 숨소리까지 의심해야 하는 법입니다."

이소가 씁쓸히 웃었다.

"그러게 말이구나."

관지백이 나섰다.

"지금부터라도 모든 상황을 가정하고 그에 따른 대책을 마련하도록 하겠습니다, 대군."

"최대한 빨리 서둘러야 할 거요."

"예. 서두르겠습니다."

철무옥과 주태는 이게 무슨 상황인가 싶었다.

[대체 이게 무슨 상황이냐?]

[글쎄다.]

[이거 지켜보고 있으니 누가 태자고, 누가 사황자인지 헷갈릴 지경이네.]

철무옥은 고미를 돌아봤다.

고미는 아주 평온한 모습이었다. 주태가 전음성으로 물었다.

[원래 두 분이 이런 식으로 대화를 나누시오?]

[무슨 문제라도 있나요?]

[아니, 지금 주군이 태자 전하를 대하는 태도가 정상은 아닌 것 같은데?]

[전하께서 그저 웃으시잖아요?]

[…….]

그때 이환이 일어섰다.

이소가 따라 일어서며 한마디 했다.

"네게 너무 많은 짐을 지운 거 같구나."

"전에 약속한 거만 지키면 됩니다."

"안 그래도 보고로 들어갈 방법을 찾고 있으니 조금만 더 기다려 다오."

"아, 전에 하사하셨던 그거, 몇 병만 얻어 갈 수 있겠습니까? 꽤 맛이 좋아서요."

"그랬느냐? 알았다."

이소가 관지백을 돌아보자, 그가 웃으며 말했다.

"소장이 바로 가져오겠습니다."

이소의 시선이 철무옥과 주태를 향했다.

"기다리면 그대들에게도 정식으로 품계를 내릴 것이다. 하니 지금까지 해 왔던 이상으로 아우를 보필해 다오."

"예, 전하!"

"알겠습니다!"

둘의 목소리가 너무 우렁차서 고미가 손으로 옆구리를 찔렀다.

잠시 후 관지백이 술병이 아니라 아예 궤짝 하나를 들고 돌아왔다.

그러자 이환의 눈빛이 살아났다.

"그때 그 술이오?"

"예."

이환이 쳐다보자, 주태가 궤짝을 어깨에 짊어졌다.

"이만 돌아가서 쉬어야겠습니다."

"그래. 곧 다시 보자꾸나."

이환 일행이 돌아가고 이소와 관지백이 마주 앉았다. 이소가 미간을 슬며시 찡그리며 말했다.

"그 부분은 정말 생각조차 하지 못했는데……."

"소장도 그러하옵니다. 혹시 대군께서 그러한 경우까지 대비하여 대책을 마련해 두신 건 아닐까요? 소장은 그렇게 보았습니다만."

"나 역시 그렇게 보았다. 녀석, 시원하게 말해 주면 좋을 것을."

딸그락.

남은 차를 마저 비운 이소가 일어섰다.

"수련에 들어갈 것이다. 내일 아침까지는 누구의 방문도 허락하지 않을 것이다."

"예, 전하."

뒤쪽 벽면이 좌우로 벌어지며 이소가 그 안으로 사라졌다.

관지백은 창가로 걸어가 성문으로 향하는 이환의 뒷모습을 바라봤다.

'대군을 향한 전하의 신뢰가 점점 더 굳건해지고 있습니다. 부디 기대를 저버리지 않기를 진심으로 바라고 또 바랍니다, 대군.'

이환의 관사.

이제는 명실상부, 금군의 사령부로 자타가 공인하는 그곳으로 조광이 들어섰다.

이환은 조광을 거처로 안내했다.

"황궁에 비하면 손색이 있지만 그래도 지내기에 불편하진 않을 거요."

조광은 거처를 둘러보며 착잡한 심정을 금치 못했다. 거처가 마음에 들고 안 들고의 문제가 아니었다. 비로소 연나라로 망명을 한 자신의 처지를 실감한 것이다.

조광이 물었다.

"황후와 이황자 쪽에서 정말 나의 망명을 탐탁지 않게 여기는 것이오?"

"그렇소."

조광은 나지막이 한숨을 내쉬었다.

그도 알고 있었다. 연나라 황실도 자신의 조나라만큼이나 권력 싸움이 치열하다는 것을. 그리고 그 싸움에서 황후와 이황자 쪽이 우세를 점하고 있다는 것까지.

이환은 굳어지는 조광의 얼굴을 무심히 쳐다보며 물었다.

“불안한 모양이오?”

“나도 이곳 황실의 사정을 대충은 들어서 알고 있소.”

“걱정 마시오. 당신처럼 우리 태자가 실각하는 일은 없을 테니까.”

“……!”

조광의 상처를 사정없이 헤집는 말이었다.

파파가 당황한 기색을 보였지만, 이환은 아랑곳하지 않고 말을 이었다.

“앞으로 당신이 어떻게 하느냐에 따라 내 행동이 달라질 거요. 협조한다면 황후든 이황자든 절대 당신을 어쩌지 못하게 해 줄 거요. 하나 그렇지 않다면…….”

이환이 말끝을 흐리자 조광이 조금은 성난 얼굴로 물었다.

“내게 원하는 게 무엇이오?”

“그건 차차 얘기하도록 하고, 일단 피곤할 테니 푹 쉬도록 하시오. 필요한 게 있으면 무사들에게 알리시오. 그럼.”

이환이 돌아가자, 조광은 힘없이 의자에 앉았다.

파파가 그를 위로했다.

“그래도 대군은 믿을 만한 사람인 듯합니다. 말과 행동은 거칠고 투박하나, 신의는 있어 보이니 너무 상심치 마십시오."

"방금 협박조로 말하는 걸 보고도 그런 말을 하는 것이냐?"

"앞에서 웃는 자보다는 흉심을 감추지 않는 자가 더 신뢰할 수 있는 법이옵니다. 대군이 그런 사람인 듯하니 너무 걱정하지 마시옵소서."

조광이 고개를 가로저으며 힘없이 말했다.

"혼자 있고 싶구나."

"편히 쉬시옵소서."

밖으로 나온 파파는 복도에 자리를 잡고 앉았다. 그러고는 조광이 부를 때까지 눈을 감고 미동조차 하지 않았다.

탈혼기의 흔적을 찾아 연나라로 들어온 유령곡주. 그가 아주 심각한 고민에 빠졌다.

태자 조광의 망명 사실을 알게 된 것이다.

"태자가 망명이라니. 대체 무슨 일이 있었기에 이런 말도 안 되는 일이 벌어졌단 말인가?"

측근이 심각한 어조로 말했다.

"서남왕이 태자를 죽이기 위해 병력을 움직였다고 합니다. 그 과정에서 태자를 따르던 무림인들이 대부분 죽고,

오직 파파만이 태자와 함께 탈출에 성공한 모양입니다. 문제는 태자를 따랐던 무림인들에 대한 대대적인 숙청이 벌어지고 있다는 점입니다."

"숙청?"

"예. 이미 꽤 많은 자들이 형장의 이슬로 사라졌고, 다른 자들도 추격을 피해 전국 각지로 흩어졌다고 합니다."

유령곡주의 얼굴이 돌덩이처럼 굳어졌다.

"하면 우리 총단도 위험해질 수도 있다는 말이 아니냐?"

"그렇습니다. 표면적으로 우리 유령곡은 태자를 지지하고 있었으니까요."

퍼석!

쥐고 있던 찻잔이 손아귀에서 산산조각이 나 버렸다. 사실이었다. 측근의 말처럼 유령곡은 대외적으로 태자 조광을 지지해 왔었다.

물론 유령곡주는 중간에서 저울질하고 있었지만 서남왕이 그걸 알 리가 없으니, 숙청의 대상이 될 수밖에 없으리라.

"일단 총단으로 돌아가야 하지 않겠습니까? 터전을 잃으면 돌아갈 곳조차 사라지게 됩니다, 곡주."

바르르…….

유령곡주의 노안이 경련을 일으켰다.

측근이 재촉했다.

"지체하면 천추의 한을 남길 수도 있습니다."

잠시 침묵의 시간이 흘렀다. 시시각각 변하던 유령곡주의 눈빛이 한순간 결기를 머금더니 이내 탄식을 쏟아 냈다.

"상황이 이렇다면 총단으로 돌아갈 수밖에. 하지만 빈손으로 갈 순 없다."

"하면……."

"이환이나 태자 조광의 목 하나는 반드시 가져가야 한다. 그것을 이용해 서남왕의 서슬을 피할 것이다."

"……!"

"다행히 둘이 한곳에 모여 있으니, 기회는 얼마든지 있을 터. 당장 밖에 나가 있는 모두를 불러들여라."

"알겠습니다."

측근이 나가자, 유령곡주는 창가로 걸어가 창문을 열었다.

덜컹!

휘이잉!

유령곡주는 이환의 관사 있는 쪽을 바라봤다.

'어떻게든 서남왕의 마음을 얻어야 한다. 우리 유령곡의 능력을 안다면 절대 내치지는 못할 터. 이환이나 조광의 목 정도면 우리의 과거를 용서해 줄 것이다.'

순간 두 눈에 짜증이 어렸다.

조광을 떠올린 것이다.

'태자가 이렇게 빨리 무너질 줄 알았다면 진즉에 서남왕 쪽으로 돌아섰을 것을…….'

아침 이슬과 안개를 한껏 머금은 호수가 마치 한 폭의 그림처럼 아름다웠다. 누구라도 저런 광경을 본다면 마음이 평온해지리라.

삼황자 이성지가 호수를 좋아하는 이유였다.

오늘도 그는 사부라 부르는 노인과 함께 바둑 삼매경에 빠져 있었다.

딱.

"사황자는 만나 보셨는지요?"

"임명식에서 잠깐 만났습니다. 소문처럼 많이 변했더군요."

"좋은 쪽입니까?"

"글쎄요."

딱!

"대마가 위험한데 그만 바둑에 집중하시지요, 사부."

"대마불사라 하지 않았습니까?"

딱!

노인의 한 수에 위태로워 보였던 대마에 활로가 보였다.

이성지의 미간에 주름이 살짝 잡혔다. 절묘한 반격에 오히려 맹공을 퍼붓던 자신의 돌이 무거워졌기 때문이다.

"언제까지 이곳에 머무실 순 없습니다. 이제 슬슬 세상으로 나서야지 않겠습니까?"

"때가 왔다고 보십니까?"

"뜻하지 않은 존재의 출현으로 시기를 앞당겨야 할 것 같습니다. 이대로 흘러가게 두면 상대해야 할 적수가 하나 더 늘어날 수도 있습니다."

"아우 말입니까?"

"예."

딱.

이성지가 돌을 거뒀다.

그러고는 노인을 조용히 응시하며 말을 이었다.

"사부는 아우를 어떻게 보셨습니까?"

노인도 돌을 거두고는 허리를 폈다.

"아직은 늑대에 불과합니다. 하나 송곳니가 더 자라면 호랑이를 잡아먹을 수도 있을 테지요. 금군의 잠재력은 절대 무시할 수 없으니까요."

이성지의 입가에 묘한 미소가 걸렸다.

"혹시 저를 세상으로 나가게 할 마음으로 이런 말씀을 하시는 건 아니겠지요?"

"물론 그러기를 바라는 마음이 없다면 거짓말이겠지요. 하나 소신이 본 사황자는 충분히 호랑이가 되고도 남을 사람이었습니다. 그런 사황자가 십만 금군의 수장이 되었고 태자궁과 아주 밀접한 관계를 맺고 있습니다. 충분히 우려

할 만한 상황이지요."

이성지는 다 식어 버린 차를 천천히 들이켰다.

딸그락.

노인이 말을 이었다.

"며칠 전 황후께서 금역에 다녀오셨습니다."

"들었습니다."

"어쩌면 모두가 우려하는 패를 쓸 준비가 되었다는 걸 의미하는 것일 수도 있습니다. 물론 그 패가 가진 날카로움이 먼저 태자궁을 향하겠지만, 그다음은 저하를 향하게 될 것입니다. 하여 이렇게 서두르시라 간언드리는 것입니다."

노인의 어조에 점점 힘이 들어갔지만, 이성지는 그저 담담히 웃을 뿐이었다.

그때 알록달록한 깃털을 가진 새 한 쌍이 나뭇가지에 내려앉았다.

이성지는 시선을 들어 새를 응시했다.

무엇을 생각하는 것일까? 그는 그렇게 꽤 긴 시간 동안 아무 말도 하지 않았다.

노인도 말없이 그가 입을 열기를 기다렸다. 그렇게 얼마나 흘렀을까?

이성지가 입을 열어 물었다.

"사부가 예상하는 어마마마의 패는 무엇입니까?"

"태조께서 세우신 황가의 법칙을 태자궁에 적용하는 것

이지요. 제가 황후마마라면 그 패를 쓸 것입니다. 가장 합법적이며 가장 확실한 방법이 될 테니까요."

"하면 저 역시 그 패에서 벗어날 수 없지 않겠습니까?"

"아닙니다. 일 대 이의 구도가 그 패로부터 저하를 자유롭게 해 드릴 것입니다."

"어마마마가 저를 회유하실 거라고 보시는군요."

"이황자를 위해서라면 무엇이든 하실 분이니까요. 게다가 저하는 황후마마의 소생이지 않습니까. 하니 그 점은 전혀 염려할 문제가 아닌 듯합니다."

노인의 그 말에 이성지의 입가에 다시 옅은 미소가 떠올랐다. 다만 조금 전과는 살짝 다른 느낌을 풍기는 그런 미소였다.

"사부의 뜻은 충분히 이해했으니, 오늘은 여기까지만 하시지요."

"예, 저하."

잠시 후 노인이 떠났다.

이성지는 홀로 정자에 남아 호수를 내려다보며 슬며시 미간을 찡그렸다.

"태조께서 세우신 황가의 법칙을 패로 쓰려면 전쟁이 일어나야 할 텐데……."

딱!

이성지가 손가락을 튕기자, 아무것도 없던 공간에서 녹

포인이 유령처럼 모습을 드러내었다.

"황후마마와 조나라의 서남왕을 지켜보도록 해. 사부께는 추후 내가 말씀드릴 것이니 한동안 함구하도록 하고."

"알겠습니다."

녹포인이 유령처럼 사라졌다.

이성지는 다시 호수를 내려다보며 나지막이 중얼거렸다.

"조나라 태자 조광의 망명이 전쟁의 불씨가 될 수도 있겠구나. 어쩌면 어마마마께서도 그것을 위해 태자궁에 조광의 망명 건을 일임한 것일지도."

짹짹잭!

나무에 앉았던 새가 날아갔다.

이성지는 하늘 높이 날아오르는 새를 응시하며 나지막이 슬며시 미간을 찡그렸다.

황궁에서 본 이환의 얼굴이 떠올랐다.

"호랑이가 되고도 남을 상이라……."

"내가 적이 많아지긴 한 모양이군."

이환은 귀이개로 귀를 후볐다. 요즘 들어 자주 귀가 가려웠다.

"대군, 접니다."

"들어와."

고미가 문을 열고 들어섰다.

이환은 의자에 몸을 기대며 흐릿하게 웃었다.

"월주가 찾아오면 항상 기대된단 말이지."

"도심 외곽에 수상한 장원이 있습니다."

"수상한 장원?"

"예. 저희 대원이 주변을 지나가다가 우연히 발견했는데, 그곳에 무림인으로 추정되는 자들이 수시로 드나드는 것을 확인했습니다."

"일부러 평범한 장원으로 위장했단 말이군."

"그런 것 같습니다."

묵묵히 고개를 끄덕인 이환이 밖을 향해 나지막이 외쳤다.

"둘 다 들어와."

철무옥과 주태가 들어섰다.

"월주가 수상한 장원을 발견했다고 하는군. 해가 떨어지면 너희들이 가서 살펴보도록 해."

"알겠습니다."

"혹시 모르니 몇 명 더 데려가도록 하고."

"저희 둘로 충분합니다."

"시키는 대로 해."

"……예."

이환은 고미를 응시했다.

"다른 건 없나?"

"조나라 서남왕이 태자를 따르던 무림인들을 대대적으로 숙청했는데, 그 와중에 탈출한 자들이 우리 영토로 다수 넘어왔다고 합니다."

"그거야 딱히 중요한 건 아니고. 또?"

"……없습니다."

이환은 뒤로 눕혔던 자세를 바로 하며 다른 걸 물었다.

"이황자 쪽 움직임은 살펴보고 있나?"

"예. 현재까지 특이 동향은 없었습니다. 황후께서도 만화궁에서 한 걸음도 나서지 않고 계심을 확인하였습니다."

"보나 마나 태자궁을 무너뜨릴 꿍꿍이를 꾸미고 있겠지."

딸그락.

이환은 남은 차를 마저 비우고 일어섰다.

철무옥이 물었다.

"외출하십니까?"

"조나라 태자를 만나 봐야겠다."

이환과 조광이 마주 앉았다.

조광은 며칠 전보다 훨씬 더 수척해져 있었다.

"권토중래하겠다더니 포기한 거요?"

"그럴 리가 있겠소?"

"하면 뭐라도 억지로 먹어야 하지 않겠소? 안색을 보니 몇 끼는 굶은 사람처럼 보이는데."

"내 몸은 내가 알아서 챙기겠소."

이환은 한쪽에 앉아 있는 파파를 한번 쳐다보고는 말을 이었다.

"서남왕이 태자를 따르던 무림인들을 대대적으로 숙청하고 있는 모양이오. 그 와중에 탈출한 자들이 우리 영토로 넘어온 것 같은데, 혹시라도 찾아오면 그 즉시 내게 알리도록 하시오."

조광의 낯빛이 대번에 변했다.

파파도 마찬가지였다.

"그게…… 사실이오?"

"신통한 친구가 입수한 정보이니 틀림없을 거요. 하긴, 내가 서남왕이라도 가장 먼저 당신을 따랐던 무림인들부터 처치했을 거요. 놔두면 누구보다 화근이 될 자들이니까."

"하아……."

조광이 고개를 숙이며 두 눈을 질끈 감았다. 파파는 탄식을 쏟았다.

이환은 잠시 말문을 닫았다.

조광이 숙였던 고개를 치켜들며 물었다.

"혹시 나를 찾아오는 무림인들도 보호해 줄 수 있겠소?"

“허튼 생각 없이 고분고분 따른다면 이 안에 머물게 해 줄 수도 있소.”

“약조할 수 있겠소?”

“안 된다고 하면 어쩔 거요?”

“…….”

“간절할 땐 그냥 믿으시오. 약조 같은 것 따지지 말고. 난 그런 것에 얽매이는 건 질색인 사람이니까.”

“알겠소. 대군만 믿겠소.”

이환은 찻잔에 손을 가져가려다가 도로 거두었다. 그러고는 파파를 돌아보며 말했다.

“뭐 하나만 물어볼까 하는데.”

“하문하시지요.”

“혹시 대야성을 아나?”

“무림인이 대야성을 어찌 모르겠습니까.”

“그래? 그럼 그들이 멸망한 이유도 알고 있나?”

“그것까지는 모르옵니다. 소인이 아는 것이라고는 그들이 고금 최강의 세력이었다는 것만 구전과 책을 통해 알고 있을 뿐입니다.”

“그 책에 대야성주나 삼왕 같은 사람들에 대한 기록은 혹시 없었나?”

“없었습니다.”

혹시나 했던 이환은 씁쓸한 표정을 지었다.

"그건 왜 물으시는 것이오?"

"내가 무림의 역사에 관심이 좀 많은데, 주변에 아는 사람이 없어 혹시나 해서 물어본 거요. 천하의 무정검니라면 알 수도 있지 않을까 했는데……."

씁쓸해하는 이환을 빤히 쳐다보던 조광이 귀를 솔깃하게 만드는 말을 꺼냈다.

"서남왕도 자주 무림의 역사를 얘기하곤 했소. 내 기억이 틀리지 않았다면 그 작자도 대야성을 언급했던 것 같소."

이환의 눈빛이 대번에 변했다.

"서남왕이 대야성을 언급했단 말이오?"

"너무 오래된 일이라 기억이 흐릿하지만, 대야성이라는 단어는 똑똑히 기억하고 있소."

"더 기억하는 건 없소?"

"아바마마와의 술자리였던 것 같은데…… 아! 그러고 보니 아바마마도 대야성을 알고 계신 것 같았소. 그때 분위기가 제법 심각했던 터라 똑똑히 기억하고 있소. 하지만 그 외의 것은……."

조광이 미간을 좁히며 생각에 잠기더니 이내 고개를 저었다.

"더는 기억나는 게 없소."

'조나라의 황제와 서남왕이 심각한 분위기 속에서 대야성을 언급했다면 필시 뭔가를 알고 있지 않을까?'

처음이었다. 뭔가 실마리를 찾은 것 같은 기분이 드는 것은.

하지만 뭔가를 알고 있을지도 모를 자들이 조나라의 황제와 서남왕이라는 것이 매우 아쉬웠다.

'어떻게든 방법을 찾아볼 수밖에.'

이환은 자리를 털고 일어섰다.

그는 문을 열고 나가려다가 파파를 돌아봤다.

"서남왕 휘하의 무림인들에 대한 정보를 좀 알아야겠는데, 시간을 얼마나 주면 되겠나?"

"……."

파파가 당황한 기색으로 조광을 응시했다. 조광이 고개를 끄덕였다.

"이틀이면 충분합니다."

"그럼 이틀 후에 오지."

탁!

이환이 돌아가자 파파가 물었다.

"정보를 내주어도 괜찮을는지요."

"서남왕 휘하의 무림인들이라고 하지 않았느냐. 어차피 우리 손으로라도 죽여야 할 자들이니 최대한 상세하게 적어 주도록 해."

"알겠습니다."

칼날처럼 휘어진 초승달.

유령곡주는 장원의 지붕에 앉아 분신과도 같은 애검(愛劍)을 정성스럽게 손질하는 중이었다.

달빛이 검신에 반사되어 유령곡주의 얼굴을 파르스름하게 물들였다. 미약한 달빛이 이럴 순 없었다.

유령곡의 신물이기에 미세한 빛에도 이렇듯 광채를 내뿜는 것이었다.

'둘 중 하나의 목은 반드시 갖고 갈 것이다.'

유령곡주가 결기를 다질 때, 뒤에서 측근이 올라왔다.

"곡주, 준비를 마쳤습니다."

"조금만 기다리거라. 아직 이 녀석과 대화를 끝내지 못했다."

"예."

유령곡주는 검을 들어 얼굴에 대고는 마치 주문을 외듯 중얼거리기 시작했다. 살행(殺行)에 앞서 행하는 그만의 의식이었다.

측근은 뒤에서 그 모습을 조용히 지켜봤다.

잠시 후 의식을 마친 유령곡주가 감았던 눈을 떴다. 그가 앉은 채로 물었다.

"맹화유는 충분히 준비하였느냐?"

“예. 전각 몇 채는 거뜬히 태워 버릴 양을 준비해 두었습니다.”

“그럼 가 보자꾸나.”

“예.”

유령곡주가 몸을 일으키려 할 때였다.

“엇?”

“왜 그러느냐?”

“누가 접근해 오고 있습니다.”

“지나가는 사람들이겠지.”

“그게 아닌 것 같습니다.”

측근의 반응에 유령곡주는 재빨리 일어나 지붕의 끝으로 향했다.

측근이 어둠 너머를 가리켰다.

“저곳을 보십시오.”

유령곡주의 시선이 측근이 가리킨 쪽을 향했다. 뒤이어 미간이 좁아지며 지그시 입술을 깨물었다.

딱 봐도 장원에 목적이 있는 움직임이었다.

“속히 내려가서 교전을 준비하라 이르거라.”

“우리의 존재가 드러났다고 보십니까?”

“아니면 저런 식으로 움직이지는 않는다. 서둘러라.”

“예!”

유령곡주는 어둠을 헤치며 다가오는 그림자들을 응시하

다가 한순간 흠칫하며 검을 뽑았다.

챙!

“웬 놈이냐!”

유령곡주의 시선이 향한 곳은 장원 뒤쪽의 거목이었다.

“글쎄, 내가 누굴까?”

거목에서 흘러나오는 무심한 목소리.

주태였다.

그가 지붕 위로 사뿐히 내려섰다.

유령곡주의 두 눈이 한순간 가늘게 흔들렸다.

‘이 거리에 있었는데 지금껏 느끼지 못했다니…… 잠깐, 이놈은!’

뒤늦게 주태의 얼굴을 확인한 유령곡주는 순간 불길함에 휩싸였다.

‘대군의 호위가 어떻게 여기를…….’

“나를 알아보는 눈치군. 이거 더 수상한데?”

주태는 천천히 검을 뽑았다.

스르릉.

바로 그때 유령곡주가 다짜고짜 주태를 향해 달려들었다. 그저 움직인다 싶더니 수십 개의 잔상(殘像)이 나타나며 주태의 시야를 어지럽혔다. 하지만 주태의 검은 정확하게 유령곡주의 진체(眞體)를 노렸다.

쾅!

굉음과 함께 불꽃이 일었다.

파파팟!

주태와 유령곡주가 각각 뒤로 다섯 걸음씩 밀렸다. 그 과정에서 충격파에 휩쓸린 기왓장이 아래로 떨어져 내렸다.

퍼석!

퍽!

덜컹!

문이 열리고 안에서 흑포인들이 쏟아져 나왔다. 하지만 그들은 지붕 위로 올라오지 못했다. 거의 동시에 철무옥과 이왕 일맥의 무사들이 장원 안으로 뛰어든 것이다.

철무옥이 나지막이 말했다.

"금군이다. 저항하면 적으로 간주하고 목숨을 거둘 것이다."

"쳐라!"

"죽엿!"

경고에도 흑포인들은 맹렬히 일제히 달려들었다.

철무옥의 눈에서 흐릿한 살광이 일었다.

"확실히 수상한 놈들이었군."

찌르르…….

유령곡주는 손을 타고 올라오는 강력한 충격에 눈빛을 떨었다.

'이놈이 이렇게 강했다니…….'

주태도 놀라기는 마찬가지였다.

'뭐야. 이런 외진 곳에 이런 고수가 있었다고?'

이환을 만난 이후 상대했던 자 중에서 눈앞의 유령곡주가 가장 강한 것 같았다.

주태는 이내 검을 고쳐 잡으며 유령곡주를 향해 다가갔다.

"신의 예언을 믿는다는 흉적 패거리인 거냐?"

'이놈들…… 우리의 정체를 모르고 있다.'

유령곡주는 말없이 자세를 고쳤다.

까가강!

콰지직!

"크악!"

"끄아악!"

지붕 아래에서 처절한 단말마가 터졌다.

귀에 익은 목소리로 보아, 분명 수하들이 죽어 나가고 있는 것이리라.

유령곡주는 갈등에 휩싸였다.

'설사 이놈을 죽이더라도 수하들을 다 잃으면 할 수 있는 건 아무것도 없다.'

그렇다면 지붕 아래로 내려가 수하들부터 구해야 했다.

하지만 그럴 수가 없었다. 그 틈을 이용해 주태가 달려들면 자신이 위험해질 수도 있기 때문이었다.

“어이, 대답부터 해야지?”

팟!

이번에도 유령곡주가 먼저 움직였다.

한 줄기 빛이 곡선을 그리며 떨어져 내렸다. 주태는 뒤로 물러서며 수중의 검으로 빛을 후려쳤다.

꽝!

콰지직!

또다시 충격과 함께 기왓장이 마구 날아올랐다.

이번에도 둘은 비슷한 거리를 밀렸다. 주태의 입 언저리가 실룩거렸다.

“이 정도 실력이면 영감이 흉적의 우두머리이겠군. 그런 거냐?”

그때였다.

번쩍!

유령곡주의 검에서 엄청난 빛이 일어나며 주태의 시야를 한순간 가렸다. 주태는 본능적으로 뒤로 물러서면서 날아들 공격에 대비했다.

그런데?

쾅!

지붕을 박찬 유령곡주가 허공으로 솟구쳐 올랐다. 주태

의 얼굴이 일그러진 건 유령곡주가 지붕 아래가 아닌 어둠 속으로 몸을 날렸기 때문이었다.

"이런……."

주태는 뒤를 쫓지 않았다.

쫓아가 봤자 따라잡기 불가능하다는 걸 인정할 수밖에 없었다. 유령곡주의 경공술은 그만큼 대단했다.

"졸개들이 죽어 나가는데 도망을 쳐? 아니, 뭐 저런 새끼가 다 있지?"

주태는 황당하단 표정을 지으며 지붕 아래를 내려다봤다. 철무옥과 이왕 일맥의 무사들이 칼춤을 추고 있었고, 이미 그의 주변에는 몇 구의 시신이 피를 쏟으며 나뒹굴고 있었다.

주태는 가볍게 지붕 아래로 뛰어내렸다.

철무옥이 다가왔다.

"놈은?"

"도망갔다."

"왜 안 쫓았지?"

"늙은이가 너무 빨라서 쫓아가 봤자 소용없겠더라고. 보아하니 우두머리인 거 같은데 졸개들은 죽어도 상관없는 모양이더라. 하! 황당한 새끼."

주태의 그 말이 떨어지기가 무섭게 몇 남지 않은 흑포인들이 맥없이 픽픽 쓰러졌다.

공격하던 이왕 일맥의 무사들이 당황한 기색을 드러냈다.

“모두 자결했습니다!”

“목숨을 헌신짝처럼 여기는 걸 보니 흉적 패거리가 맞는 모양이네. 원래 광신도들이 그러잖아.”

“그런 모양이다.”

“하, 그나저나 새끼들이 겁도 없이 우리 코앞에서 놀고 있었네? 설마 이것들, 우리 주군을 노린 거 아닐까?”

“어쩌면 그럴지도.”

주태와 철무옥은 장원에 있던 자들이 조나라의 세작이라는 건 생각조차 하지 못했다.

“장원 안을 샅샅이 뒤져라.”

“예!”

주태와 철무옥도 안으로 들어갔다.

“이건 뭐지?”

주태가 여러 개의 호리병을 발견하고는 코를 갖다 대며 냄새를 맡았다. 그러고는 이내 인상을 쓰며 말했다.

“맹화윤데?”

“맹화유를 왜 이렇게 많이 모아 두었을까? 그것도 작은 호리병에 심지까지 달아서 말이다.”

“쥐다 던지기 편한 크기에 미리 심지를 달아 놓은 걸 보면 어딜 공격하려고 했던 것 같은데…….”

그때 방 곳곳으로 들어갔던 무사들이 돌아왔다. 그중의

한 명이 천 조각을 하나 내밀었다.

"이걸 좀 보십시오."

철무옥이 청년이 건넨 천 조각을 펼쳤다.

"아니, 이건 우리 관사 지도잖아?"

"역시 대군을 노리고 있었군."

철무옥이 청년들을 향해 지시했다.

"일단 돌아가자. 너희들은 맹화유를 빠짐없이 챙겨라."

"예!"

철무옥이 먼저 정문을 넘어섰고, 주태가 그 옆을 걸으며 오른 손목을 매만졌다.

"다쳤나?"

"손목이 나간 거 같다."

"뭐?"

"움직일 때마다 시큰거리는 게 아무래도 뼈에 이상이 생긴 것 같다. 뭐, 크게 걱정할 정도는 아니고."

씩.

철무옥은 히죽 웃는 주태를 어이없는 눈으로 쳐다봤다.

"최소 스무 날 정도는 검을 잡지 못할 텐데 웃음이 나오냐?"

"뭐, 그 안에는 사건이 일어나지 않기를 바라야지. 빨리 가자. 배고프다."

"……."

어둠 속으로 달아났던 유령곡주는 다시 장원으로 돌아와 처참하게 죽어 있는 수하들을 내려다봤다.

조나라에서부터 함께 건너왔던 수하들은 상대의 검에 당한 게 아니라 자결을 한 것 같았다.

파르르…….

'이렇게 빈손으로 돌아가야 한단 말인가.'

유령곡주는 허탈함에 눈빛을 떨었다.

혼자라는 걸 차치하더라도 그 역시도 주태와 마찬가지로 오른 손목이 부러지는 부상을 입었다.

'한낱 호위 따위에게 손목을 내주다니.'

찌릿!

손목에서 통증이 올라왔다.

주먹을 쥐어 보니 장심에 힘이 전혀 들어가지 않았다. 이러면 돌아가는 길조차도 조심해야 할 판이었다.

여기서 유령곡주는 강한 의문에 사로잡혔다.

'저런 고수가 태자도 아닌 한낱 황자의 호위를 맡고 있다니. 이는 사황자에게 세상이 모르는 뭔가가 있다는 것인데…….'

유령곡주는 이환의 관사가 있는 곳을 무겁게 응시하며 한동안 자리를 뜨지 못했다.

하지만 더 지체할 순 없었다. 이환이나 조광을 노리지 못하게 되었으니 이제 한시라도 빨리 조나라로 돌아가 서남왕의 숙청으로부터 유령곡을 지켜야 했다.

'결국 아무것도 얻지 못했구나.'

본연의 목적이었던 탈혼기의 낭인마저도 찾지 못했으니 완벽한 실패라 할 수 있었다.

"하아……."

유령곡주는 결국 돌아섰다.

그리고 어둠 속으로 사라졌다.

세월은 흐르는 물과 같았다.

이환이 금군의 수장에 오른 지, 한 달이라는 시간이 흘러갔다.

그동안에 경호 지원은 혁혁한 성과를 올렸다. 또한 각 부대의 정보를 숨기지 말라는 이환의 엄명을 받고 돌아간 장수들이 속속 정보를 보내왔다.

고미조차도 깜짝 놀랄 만한 정보가 제법 있었는데, 고미가 정보를 요약하니 한 권의 책이 만들어질 정도로 그 양은 어마어마했다.

'어쩌면 이 정보가 가장 막강한 권력이 되어 줄지도.'

이환은 정보집을 집무실의 금고에 보관했다.

그러던 어느 날, 유난히 바람이 차갑던 날이었다.

황궁에서 이환을 찾아온 자가 있었다. 황후가 보낸 자였다.

눈동자가 마치 뱀처럼 새카만 중년인이었다.

그는 이환을 향해 오만한 표정과 태도로 말했다.

"황후마마께서 조나라 태자를 데려오라 하셨습니다."

"태자가 몸이 편치 않아 한동안은 출입이 불가한 상황이라 전하시오."

"거동이 불편한 정도이면 마차에 태워서라도 데려가면 되지 않겠습니까?"

"그렇게 급한 일이오?"

"황후마마의 명이십니다. 하니 연유는 따지지 말고 그냥 따르시지요, 대군."

"태자궁은 내게 조나라 태자의 안전을 책임지라 명했소. 하여 황후의 명에 따르지 못하니 돌아가서 그대로 전하시오."

"대군, 이러시면 곤란합니다. 감히 태자궁의 명령을 이유로 황후마마의 명을 거역하겠다는 것입니까?"

이환의 눈빛이 슬며시 변했다.

하지만 중년인은 아랑곳하지 않고 이환을 직시했다.

"내 말이 우습게 들리나?"

이환의 어조가 바뀌었다.

"신은 오직 황후마마의 명에 따르고자 할 뿐입니다."

"그럼 처음부터 다시 시작하지."

"예?"

이환의 손이 허공을 갈랐다.

짝!

"억!"

중년인이 외마디 비명과 함께 의자에 앉은 그대로 뒤로 벌러덩 쓰러졌다.

"황후의 전령이라고 해서 대우를 해 줬으면 이쯤에서 말귀를 알아먹고 돌아갔어야지."

"……!"

"지금부터 말투, 행동, 표정에 공손함을 담아서 다시 해 봐."

"대군! 신은 황후마마의 전령입니다! 이는 황후마마를 능멸함과 다름없는 중죄……."

중년인은 말을 다 잇지 못했다.

퍼석!

찻잔이 중년인의 머리에서 산산조각이 나 버렸다.

"억!"

"다시 해 보라고 했다."

"대군!"

퍼석!

두 번째 찻잔마저 박살이 나며 중년인의 머리에서 피가 뚝뚝 떨어졌다.

"한낱 내명부의 졸자 따위가 황가의 황자를 아랫사람 보듯 하다니. 네놈이 간덩이가 부어도 제대로 부었군."

이환이 손을 휘젓자, 벽에 세워 두었던 검이 저절로 뽑혀 날아왔다.

"다시 해 봐."

"……!"

스슥.

이환은 검을 들어 중년인의 오른팔에 얹었다.

"넌 아직 나에 대해 잘 모르고 있군. 내 앞에서 건방을 떨려면 내가 어떤 사람인지 정도는 파악하고 왔어야지."

치르륵!

검 끝에서 새파란 빛이 일어나더니, 중년인의 옷이 타들어 가기 시작했다. 그러자 중년인이 벌떡 일어나 바닥에 납작 엎드렸다.

"주, 죽을죄를 지었습니다, 대군!"

3장
황후의 목적

황후의 첫 전령은 피를 철철 흘리며 돌아갔다. 그리고 이틀 후, 이번에는 장수가 수십 명의 호위병과 함께 이환을 찾아왔다.

장수는 이환의 집무실에 이르러 그 앞을 지키고 섰던 철무옥을 향해 도끼눈을 번득였다.

"계신가?"

"누구요?"

"뭐라?"

"대군을 뵈려거든 신분부터 밝히시오."

철무옥의 오만한 태도에 장수의 눈에서 불꽃이 일었다.

그때였다.

"들여라."

"예, 대군."

철무옥이 몸을 슬쩍 돌리며 손으로 들어가라는 시늉을 했다. 장수는 철무옥을 죽일 듯 노려본 뒤, 문을 열고 들어갔다.

장수는 탁자에 두 발을 올린 채 앉아 있는 이환을 향해 살짝 머리를 숙였다.

“황후마마의 뜻을 전하고자 찾아뵈었으니 자세를 고쳐 주시지요, 대군.”

“나갔다가 다시 들어와.”

“……예?”

“귀가 막혔나? 나갔다가 다시 들어오라고.”

“대군, 지금 뭐 하자는…….”

장수는 말하다 말고 황급히 몸을 숙였다. 간발의 차이로 머리 위를 지나간 뭔가가 벽에 부딪혀 산산조각이 나 버렸다.

퍼석!

벼루였다.

장수는 두 눈을 부릅뜨며 이환을 응시했다. 이환은 그런 장수를 무심히 쳐다보며 말했다.

“내 입에서 똑같은 말이 한 번만 더 나오면 그땐 이전에 왔던 놈처럼 곱게 끝나지 않을 거야.”

“……!”

그때 집무실 한쪽에서 지켜보고 섰던 부장 손영이 나섰다.

"어서 나갔다가 다시 들어오시지요."

장수는 분을 삭이지 못한 채 눈빛을 바르르 떨고는 밖으로 나섰다. 그러고는 바로 들어서지 못하고 생각을 해 봤다.

'내가 뭘 잘못했지? 뭘 잘못했는데 저 지랄인 게야!'

아무리 생각해도 떠오르는 게 없자 장수는 부장을 돌아봤다.

부장도 영문을 모르는 눈치였다.

그때 한 호위병이 조심스럽게 입을 열었다.

"군례를 취하지 않으셨습니다."

"아무리 황가의 황자라도 군의 장수가 군례를 올리진 않는다."

"대군께서는 황자임과 동시에 금군의 수장이십니다. 당연히 군의 법도에 맞추셔야 합니다."

"……!"

그 말에 장수는 인상을 그렸다.

'정말 그것 때문에 이 난리를…….'

어이가 없다는 표정을 짓던 장수가 철무옥과 시선이 딱 마주쳤다. 그러자 다시 죽일 듯 노려본 뒤 성큼 안으로 들어갔다.

"충!"

"다시."

"충!"

“목소리가 그것밖에 안 나오나?”

“추웅!”

마지막 군례에 피와 가래가 끓는 소리가 섞여 있었다. 밖에 서 있던 철무옥이 피식 웃었다.

‘장수라는 놈이 군례를 하다가 목이 터지다니. 웃기지도 않네.’

이태지의 거처.

막 보고받은 이태지의 얼굴이 기이하게 일그러졌다.

“이번에도 쫓겨났단 말이냐?”

“예. 뭘 어떻게 당했는지 목이 터져서 말도 제대로 하지 못하고 있습니다.”

“태자궁만 믿고 하늘 높은 줄 모르는 애송이 놈이 감히 어마마마의 명을 두 번씩이나 거역하다니.”

“황후마마께서도 매우 진노하고 계십니다. 아마도 곧 태자궁이나 사황자에게 불호령이 떨어질 듯합니다.”

“흥! 자기들이 자초했으니 누굴 원망하겠느냐. 어마마마께서 직접 나서신다면 그동안 지지부진했던 일이 빨리 진행될 수도 있겠군.”

“그렇습니다.”

어느새 표정이 바뀐 이태지가 느긋하게 차를 마셨다.

딸그락.

"세 번째 전령도 보내신다고 하더냐?"

"예. 그렇게 들었습니다. 다만 이번에는 누굴 보낼지 아직 정해지지 않았다고 합니다. 하여 소신의 생각으로는 아무리 대군이라도 함부로 대하지 못할 사람을 보낼 것 같은데 말입니다."

"두고 보면 알게 되겠지. 그나저나 태자는 어떡하고 있느냐?"

"요 며칠은 쭉 태자궁에만 머물고 계십니다. 하여 드리는 말씀인데, 뭔가 조금 이상하지 않습니까?"

"뭐가 이상하단 말이냐?"

측근이 고개를 갸웃하며 말을 이었다.

"대군이 이런 식으로 하면 황후마마의 노여움을 산다는 걸 모를 리 없을 텐데, 태자궁은 왜 방관하는 걸까요?"

"흠."

이태지가 말문을 닫고 눈빛을 가라앉혔다. 듣고 보니 태자궁의 반응이 이상하긴 했다.

현시점에서 황후의 노여움을 사서 태자에게 이득이 될 게 있을까? 아무리 생각해도 이득이 될 만한 건 없었다.

그렇다면 왜 방관하는 걸까?

'이번에는 또 무슨 꿍꿍이를 꾸미는 거지?'

태자궁.

이소의 표정은 평소와 다르지 않았다. 하지만 지켜보는 관지백의 표정은 매우 굳어 있었다.

"황후마마의 노여움이 대단하다고 들었습니다. 정말 대군의 뜻대로 해도 괜찮겠습니까?"

"이 정도 사안으로 큰일이 벌어지지는 않는다. 막내가 전령들을 내쫓은 건, 황후마마의 뜻을 거역한 게 아니라 전령들의 오만한 태도 때문이니까. 누가 뭐래도 막내는 황가의 황자다. 감히 전령 따위가 오만하게 굴 순 없는 법. 만약 황후께서 이 일을 조정으로 끌고 온다 해도 대신들의 의견이 둘로 나뉠 것이니 문제 될 건 없다."

이소가 말을 끝내고 옅은 미소를 머금었다.

"……라고 막내가 말했다. 나도 그 말에 동의한다."

"대군께서 그렇게 말씀하셨단 말입니까?"

"그래."

"아니, 언제……."

이소가 차를 한 모금 마신 뒤에 말을 이었다.

"조나라 태자와 함께 입궁했을 때, 이런 상황이 벌어지면 지금처럼 대처할 거라고 하더군. 나더러는 그냥 모른척하고 있으라면서. 일종의 신경전이라고 하니 그냥 지켜보자꾸나.”

관지백이 놀라 두 눈을 동그랗게 치떴다. 이소가 말을 이었다.

“막내는 황후가 조광을 이용해 뭔가 하려 한다고 확신하고 있다. 그래서 조광을 내주지 않으려는 것이고.”

“그게 무엇인지도 말씀하셨습니까?”

이 부분에서 이소는 미간을 슬며시 좁혔다.

“때가 되면 다 알게 될 거라는 말만 하더군. 하여 나도 더 묻지는 않았다. 지금껏 잘해 줬으니 이번 일도 그저 믿을 수밖에.”

여기서 관지백은 확연히 깨달았다.

이환을 향한 이소의 믿음이 거의 절대적이라는 것을. 물론 그도 이환을 믿었지만, 왠지 좌충우돌하는 모습을 볼 때면 불안한 마음이 드는 건 어쩔 수 없었다.

‘잘못되면 전하께 불똥이 튈 수도 있건만, 정작 전하께서는 이리도 태평하시다니…….’

이소가 일어섰다.

“시장하구나.”

“상을 들이라 하겠습니다.”

“아니다. 오늘은 호위들과 함께 먹고 싶구나.”

“예, 알겠습니다.”

이환은 막사에서 아침부터 점심때가 될 때까지 밖으로 나오지 않았다. 그동안에 부장 손영을 비롯하여 그 누구의 출입도 금지되었다.

“무슨 고민이라도 생기신 걸까?”

“수련 중이시겠지. 고민으로 방문을 걸어 잠글 분은 아니잖아.”

“그렇긴 한데…….”

마침 고미가 복도로 들어섰다.

“보고 때문에 오셨소?”

“예. 계시죠?”

“계신데, 지금은 좀…… 한데 중요한 사안이오?”

“예. 아주 많이요. 근데 무슨 일이죠?”

“우리도 모르겠소.”

그때였다.

“들어와.”

이환의 목소리가 흘러나오자, 고미는 즉각 문을 열고 들어갔다. 철무옥과 주태가 서로를 쳐다보며 어깨를 으쓱했다.

이환의 몸에서 하얀 수증기가 올라왔다.

요즘 들어 그는 심법의 강도를 한층 높이는 중이었다.

"중요한 정보라고?"

"황후마마가 보낸 사람이 조나라 서남왕과 만난 사실을 확인했습니다."

"확실한 건가?"

"예. 조나라 황도에서 활동하는 정보원이 두 눈으로 똑똑히 보았다고 합니다. 한데 그 시기가 이상합니다."

"이상하다니?"

"만난 시점이 황후마마가 보낸 첫 번째 전령이 대군을 찾아오기 이틀 전이었습니다. 만약 두 사람 사이에 모종의 거래가 있었다면 전서를 통해 충분히 의견 교환이 가능한 시간입니다."

이환은 의자에 몸을 기댔다.

"그러니까 황후와 조나라 서남왕 사이에 모종의 거래가 있었고, 전서를 통해 거래의 결과를 전달받은 황후가 조광을 데려가기 위해서 내게 전령을 보냈다? 그런데 그게 뭔가를 꾸미기 위한 사전 작업이다, 이건가?"

"그저 추정일 뿐입니다."

이환은 두 손을 깍지 끼며 눈빛을 가라앉혔다.

"모든 게 사실이라고 가정하면 그들이 원하는 게 뭔지를 찾아내는 게 우선이군."

"그렇습니다."

"한 명은 황권을 쥐기 위해 용을 쓰고 있고, 한 명은 이미 황권을 손에 넣은 것이나 다름없는 상황에서 과연 무엇을 거래했을까? 조나라 서남왕은 분명 조광의 송환을 요청했을 테고, 그렇다면 황후는 조광을 이용해 무엇을 얻으려 할까? 이게 핵심이라는 건데……."

이환은 중얼거리듯 말하며 고미를 응시했다. 눈빛에 담긴 뜻을 간파한 고미가 난감한 표정을 지었다.

"홍월과 마찬가지로 황후마마도 정보 접근이 완벽하게 차단되어 있습니다. 기밀에 접근이 가능한 사람이 거의 없다는 뜻으로 생각하시면 될 겁니다."

"그렇다면 황후가 어떻게 나오는지를 보고 판단할 수밖에 없겠군."

"그렇습니다. 다만 예측이 가능한 부분은 조나라 태자의 송환입니다. 만약 저번처럼 거부하신다면……."

"조나라 서남왕은 전쟁을 들먹이겠지. 황후는 그것을 핑계로 조광의 송환을 재촉할 테고."

이환은 말하다 말고 피식 웃었다.

"황후의 속을 알려면 어쩔 수 없이 또 거부해야겠군."

"괜찮으시겠습니까?"

"두 번 거절한 거 세 번이라고 못할까. 어쨌든 수고 했어."

"황후마마의 진노가 대단하다고 들었습니다."

"거부해서 화를 낸 건지, 아니면 자신이 보낸 전령을 두들겨 패서 화를 낸 건지는 두고 봐야 할 일이다. 뭐, 곧 답이 나오겠지. 수고했으니 그만 쉬어."

"예. 하면."

이환이 일어서려던 고미의 앞으로 뭔가를 내밀었다.

"초식 하나를 더 만들어 봤다. 익혀 두면 꽤 도움이 될 거야."

"감사합니다!"

고미가 나가자, 이환은 곧장 뒷마당으로 나섰다. 대나무로 사방을 가려 놓은 뒷마당에는 통나무로 만든 욕조가 한가운데 놓여 있었다.

첨벙!

이환은 욕조에 몸을 눕혔다.

'망명한 사람을 돌려보내는 건 그 나라의 자존심과 직결되는 문제다. 그걸 모를 리 없는 황후라면 조나라 서남왕이 전쟁을 들먹이는 것까지 계산하고 뭔가를 노리고 있다는 건데, 대체 그게 뭘까?'

이환은 여러 가지 수를 찾아 고민에 고민을 거듭했다. 하지만 딱히 짚이는 게 없었다.

'이러면 결국 일이 터져야 알 수 있고, 그러면 대처가 늦

어질 수밖에 없다는 건데…….'

좌아악!

이환은 잠시 생각을 접어 두고 머리끝까지 물속에 담갔다.

그때였다.

물 위로 누군가 아른거렸다.

좌아악!

부장 손영이었다.

"황궁에서 사람이 왔습니다."

"황후가 보냈나?"

"아닙니다. 승상부의 시랑입니다."

이환은 천으로 머리를 닦으며 머리를 조아리는 중년인을 무심히 바라봤다.

"승상부에서 어쩐 일이오?"

"조나라 황궁에서 태자의 송환을 정식으로 요구하고 있습니다. 해괴하게도 태자가 망명이 아니라 납치를 당했다고 주장하며 송환하지 않을 시, 전쟁도 불사하겠다는 뜻을 전해 왔습니다."

"그럴 테지. 멍청이가 아니면 제 발로 망명한 사람을 돌려보내라고 할 순 없을 테니까. 해서 조광을 데려가겠다고 온 거요?"

"……송구하오나 그렇습니다."

"황후의 명이오?"

"황후께서는 나라의 자존심이 걸린 일이라며 절대 보낼 수 없다고 하셨습니다. 다만 육조를 비롯한 조정의 대신들이 조나라 태자를 만나 보고자 하십니다."

"황후가 보낼 수 없다 했다고?"

"예. 조례에서 분명히 그와 같이 말씀하셨습니다."

이환의 눈빛이 변했다.

'이것 봐라?'

이환과 조광이 마주 앉았다.

이환은 바로 본론을 꺼냈다.

"서남왕이 당신을 보내라고 요청했소. 보내지 않으면 전쟁까지 불사하겠다면서 말이오."

"……!"

조광의 낯빛이 딱딱하게 굳어졌다.

이런 일이 벌어질 수도 있을 거라 어느 정도 예상은 하고 있었지만 정작 두 귀로 들으니 가슴이 철렁했다.

파파는 한숨을 내쉬며 고개를 떨구었다.

조광이 물었다.

"나를 돌려보내기로 했소?"

"아직 어떤 결정도 나지 않았소. 해서 태자의 뜻을 먼저 확인하고자 할 뿐이오."

"갈 리가 만무하지 않소. 만약 귀측이 나를 강제로 보내려 한다면 차라리 혀를 물고 죽어 버릴 것이오."

"태자의 뜻은 잘 알겠소."

"……이걸로 끝이오?"

"말했잖소. 태자의 뜻을 확인하러 왔다고. 그럼 떠날 채비를 하시오. 조정의 대신들이 태자를 만나고 싶어 한다니까."

이환이 밖으로 나가자, 파파가 조광을 위로했다.

"너무 심려치 마십시오. 자고로 정치적 망명자를 강제로 돌려보낸 적은 없으니 별일 없을 것이옵니다."

"나도 그 정도는 알고 있으니 걱정하지 말거라. 옷을 가져오너라."

"예."

잠시 후 조광은 옷을 갈아입고 밖으로 나섰다. 밖에는 이미 이환과 금군이 마차를 준비해 두고 기다리고 있었다.

조광은 갑자기 밀려오는 비애에 한숨을 길게 내쉬었다.

"하아……."

"대신들 앞에 서면 지금 같은 나약한 모습은 보이지 않는 게 좋을 거요. 전에도 말했지만 태자의 망명을 반기지 않는 자들이 꽤 많소."

"알겠소."

"마차에 오르시오."

"대군도 함께 가시오?"

"물론이오."

조광은 다소 마음이 놓였다.

잠시 후 이동이 시작되었고, 이환은 선두에서 움직였다.

승상부의 시랑이 이환의 곁을 따랐다.

이환이 넌지시 물었다.

"승상부에서는 왜 단 한 명도 경호 지원을 받지 않는 거요?"

"승상부 자체적으로 호위 병력을 보강하여서 그런가 봅니다."

"무림인들이오?"

"그렇습니다."

"승상부가 돈이 남아도는 모양이군. 듣기로 무림인들을 부리려면 세금이 꽤 들어간다고 하던데."

"……소신은 그것까지는 알지 못합니다."

이환은 더 묻지 않았다.

시랑은 가슴을 쓸어내렸다. 한편으로는 불안감이 치밀었다.

'설마 우리 승상부를 조사한 건 아니겠지?'

금군이 승상부를 조사하는 경우는 없었다. 지금까지의 역사를 보면 행정부인 승상부와 치안을 총괄하는 금군의 수장들은 정치적 이해관계 때문에 관계가 매우 좋았다. 하여 과거에는 사돈지간이 된 경우도 더러 있었다.

우르릉!

갑자기 천둥소리가 울렸다.

이환은 모두를 향해 나지막이 외쳤다.

"전속으로 달린다."

"전속으로!"

두두두!

쏴아아!

황궁에는 이미 비가 내리고 있었다.

관지백은 무사 두 명과 함께 성문에서 이환이 오기를 기다렸다.

잠시 후 저 멀리서부터 이환의 행렬이 보이기 시작하자 관지백은 옷매무새를 고쳤다.

"대군께서 오신다. 자세를 바로 하거라."

"예!"

관지백은 빗줄기를 헤치며 선두에서 달려오는 이환을

물끄러미 바라봤다. 이제는 보고만 있어도 괜히 기분이 좋아졌다.

잠시 후 이환이 성문을 넘어서자, 관지백은 머리를 조아렸다.

"어서 오십시오, 대군."

"대신들은 모두 모였소?"

"예. 대군께서 오시기만을 기다리고 있습니다. 하면 바로 가시겠습니까?"

"빨리 보고 빨리 가야 하지 않겠소?"

"하면 소장이 모시겠습니다."

승상을 비롯한 육조 대신들은 이환이 늦어지자, 불만을 터트렸다.

"너무 늦는 거 아닙니까? 아무리 대군이라도 다른 신료도 아닌 육조 대신을 이렇게 기다리게 하는 법은 없소이다!"

"그렇습니다. 대군께서 금군의 수장이 되면서 안하무인이 되었다던데, 역시 소문이 사실인 모양이오."

"허어, 이것 참."

마음만 먹으면 황제까지 좌지우지할 수 있다는 육조 대신. 그들에게 이환은 여전히 과거의 소문 속 이환으로 남아 있었다.
하여 이런 상황을 용납할 수가 없었다.
그때였다.
관지백이 먼저 안으로 들어섰다.
"대군께서 드셨습니다."
"크흠!"
"험험!"
육조 대신이 일제히 헛기침을 터트리며 일어섰다. 아무리 그래도 황자 앞에서 최소한의 예의는 갖춰야 했다.
이환이 들어섰다.
그는 육조 대신은 쳐다보지도 않고 자신의 자리로 걸어가 앉았고, 조광이 그 옆에 앉았다.
"빗길이라 조금 늦었소."
이환은 바로 조광을 소개했다.
"조나라 태자시오."
조광이 모두를 향해 두 손을 맞잡으며 살짝 머리를 숙였다.
"조광이오."
인사가 끝나기가 무섭게 한 대신이 추궁하듯 물었다.
"조나라 서남왕이 말하기를 태자가 스스로 망명한 것이 아니라 납치되었다고 하던데, 이에 상세한 해명부터 들어야겠소."

"내 발로 남부군단을 찾아가 망명을 요청했소. 이는 사실이며 믿지 못하겠다면 남부군단의 총사에게 확인해 보시오."

"한데 어째서 귀국의 서남왕은 납치라 주장하는 것이오?"

"그렇게 주장해야 나를 돌려보내라 생떼를 쓸 수 있지 않겠소?"

조광은 의연히 대답했다.

표정도 결기가 가득했다.

다른 대신이 말하고 나섰다.

"귀국의 서남왕은 태자를 돌려보내지 않으면 전쟁까지 불사하겠다며 엄포를 놓고 있소. 하여 우리 육조 대신은 태자의 망명 건과 관련하여 내밀한 조사를 실시할 예정이니, 조사가 끝날 때까지는 황궁에 머물도록 하시오!"

"……."

조광이 당황한 눈빛으로 이환을 돌아봤다.

이환이 대신을 향해 무심히 말했다.

"조사는 언제부터 시작할 생각이오?"

"중차대한 사건이니 당장 내일부터 시작해야지요. 대군께서도 동의하셔야 할 것입니다."

"동의하오. 단, 조사는 금군의 사령부에서 하도록 하시오. 태자가 황궁은 좀 불편하다고 해서."

"……예?"

다른 대신이 벌떡 일어서며 언성을 높였다.

"대군! 육조 대신이 직접 행하는 조사입니다! 마땅히 황궁에서 이뤄져야 함을 유념하셔야지요! 금군의 사령부는 아니 될 말씀입니다!"

이환은 천천히 대신을 응시했다.

얼굴까지 붉힌 걸 보니 화가 제법 치민 모양이었다.

"한 번 더 말하는데, 조사는 금군의 사령부에서, 또한 금군의 장수들이 입회한 장소에서 하도록 하시오."

"대군!"

탁!

대신이 두 손으로 탁자를 내리쳤다.

그와 동시에 이환의 눈동자에 한기가 내려앉았다.

"지금 그 행동을 내가 어떻게 이해해야 할까?"

"……!"

이환은 자리에서 일어나 대신을 향해 걸었다.

그가 발산하는 기운이 어디 보통 기운인가?

한순간 좌중이 싸늘하게 얼어붙었다. 탁자를 내리쳤던 대신은 이환이 다가오자 두툼한 얼굴 살이 가늘게 떨렸다.

이환이 대신의 앞에 섰다.

[형조 대신 송영기, 한 번만 더 내 앞에서 불손하게 굴면 딸 같은 소녀들을 강간하고 매음굴에 팔아넘긴 사실을 온 백성이 알게 해 주지.]

"……!"

[아니지. 호랑이 같은 당신 처와 당신을 하늘처럼 여기는 자식들에게 먼저 말해 줘야 할까?]

송영기의 두 눈이 찢어질 듯 커졌다. 얼마나 놀랐는지 입 언저리가 경련을 일으켰다.

이환은 그런 송영기를 향해 물었다.

"망명한 태자의 불안한 심경을 부디 헤아려 주었으면 좋겠는데, 어찌 안 되겠소?"

"아, 알겠습니다! 대, 대군께서 정 그러하기를 원하신다면 그렇게 하겠습니다."

"고맙소, 형조 대신."

이환은 다른 대신들을 천천히 쓸어 보았다. 모두가 당황한 기색을 비쳤으나 이견을 내지는 않았다.

"그럼 내일 사령부에서 봅시다."

이환은 조광을 향해 말했다.

"그만 갑시다."

조광이 이환의 곁으로 내려왔다.

육조 대신은 유유히 빠져나가는 이환의 뒷모습과 송영기의 얼굴을 그저 놀랍고 황당한 얼굴로 번갈아 바라볼 뿐이었다.

형조 대신 송영기가 육조의 실세입니다. 승상과 대사마도

그의 말이라면 대부분 들어주는 것으로 알려져 있습니다.

이환은 고미의 말을 떠올리며 흐릿하게 웃었다.
'때맞춰서 성질을 부려 주다니. 후후후.'

성문을 향하는 이환에게 다가오는 여인이 있었다. 황후가 보낸 상궁이었다.
"대군을 뵙습니다."
"무슨 일이냐?"
"황후마마께서 대군을 뵙자 하십니다."
이환은 바쁘다고 말하려다가 멈칫했다.
'언젠가는 부딪혀야 할 여잔데…….'
이환은 생각을 바꿨다.
"지금 바로 가면 되나?"
"예, 대군."
이환은 관지백에게 지시했다.
"내가 올 때까지 태자를 태자궁에 모시도록 하시오."
"혼자 가셔도 괜찮겠습니까?"
"설마 잡아먹기야 하겠소? 걱정말고 태자나 잘 모시도록 하시오."

잠시 후 이환은 상궁을 따라 황후의 거처로 향했다. 그리고 얼마 지나지 않아 화려하기 그지없는 궁궐로 이어지는 다리를 건넜다.

만화궁(滿花宮).

황후가 사는 궁전은 언제부턴가 그렇게 불리고 있었다.

이름처럼 궁전으로 들어서는 초입부터 온갖 꽃들이 가득했다. 어떤 곳은 바위에 구멍을 파서 그 안에 꽃을 심어 놓기도 했다.

유독 꽃을 좋아한다고 알려진 황후의 취향을 엿볼 수 있는 광경이었다.

'꽃을 좋아하는 사람치고 나쁜 사람이 없다는 말은 도대체 누가 만들어 낸 거야.'

앞서 걷던 상궁이 걸음을 멈추고 뒤돌아섰다.

"여기서부터는 홀로 걸어가셔야 합니다, 대군."

"궁이 이렇게 큰데 황후가 있는 곳을 스스로 찾아가란 말이냐?"

"다리를 건너 성문을 넘어서면 또 다른 안내자가 대군을 모실 것입니다. 하오면 소인은 이만 물러가 보겠습니다."

상궁이 왔던 길을 되돌아갔다.

이환은 곧장 두 번째 다리 위로 올라섰다. 반월 모양으로 아름답게 휘어진 다리 아래로 온갖 기화이초(奇花異草)가 만발해 있었다.

'이제 보니 독을 품은 꽃밭이었군.'

꽃밭 곳곳에서 미세한 기운이 전해졌다. 만약 황후의 명령이 떨어진다면 그 즉시 자신을 향해 달려들 살수들이리라.

이환은 아랑곳하지 않고 다리를 건너 곧장 성문 앞에 이르렀다.

두 명의 여무사가 그를 맞았다.

"어서 오십시오, 대군."

"문을 열어라."

"먼저 해검부터 하시지요."

이환은 순순히 검을 건넸다.

끼끼끼…….

육중한 성문이 천천히 좌우로 벌어졌고, 그 문 너머에 한 여인이 서 있었다.

머리부터 발끝까지 순백의 색을 한 여인의 두 눈은 특이하게도 벽안(碧眼)이었다.

여인이 이환을 향해 머리를 조아렸다.

"모시겠습니다."

이환은 전방을 바라봤다.

역시 온갖 기화이초로 꾸며진 거대한 정원의 정중앙에 대리국의 돌을 깎아서 만든 길이 곧고 길게 펼쳐져 있었다.

벽안의 여인이 앞서 걸었다.

이곳 역시 곳곳에서 은신한 자들의 기운이 미세하게 감

지되었다.

'궁을 아예 요새화 시켜 버렸군.'

짤그락, 짤그락.

벽안의 여인이 걸을 때마다 흘러나오는 묘한 쇳소리가 이환의 신경을 건드렸다.

"언제부터 황후를 모셨지?"

"답할 수 없음을 용서하십시오."

'이렇게 나오는 걸 보면 이곳에서 신분이 꽤 높다는 건데.'

이환은 더 묻지 않았다.

잠시 후 그는 화려하기 짝이 없는 대전으로 들어섰다.

어지간한 연무장에 맞먹는 드넓은 공간이었고, 문에서부터 맞은편 단상까지 붉은 천이 깔려 있었다. 그리고 그 끝에 황후가 앉아 있었다.

이환은 황후를 직시했다.

둘의 시선이 허공을 격하고 얽혀 들었다.

'녀석의 기억에 들어 있는 황후는 오십 대 초반이었는데…….'

틀림없는 황후였다. 그런데 이상한 것은 삼십 대 중반 정도로밖에 보이지 않았다.

'주안술이라도 익힌 모양이군. 하긴 그 나이에 황제의 마음을 얻으려면 그 정도 노력은 해야겠지.'

이환은 성큼 걸어서 황후와 열 보 정도를 남겨 두고 멈

줬다. 그러고는 말없이 고개만 살짝 숙였다.

"비록 너를 직접 낳진 않았지만 엄연히 네 어미이거늘, 인사하는 꼬락서니가 그게 무엇이냐!"

"죄송하지만 단 한 번도 그런 생각을 해 본 적이 없어서 말입니다."

꿈틀.

"뭐라?"

"피차 마찬가지일 테니 그냥 본론에 들어가시지요, 마마."

이환은 일부러 마마라는 호칭에 힘을 줬다.

황후의 두 눈에 냉기가 감돌았다.

"어째서 조나라 태자를 금군의 사령부에서 조사토록 하였느냐? 태자궁의 뜻인 게냐?"

"그럴 리가요. 제 뜻입니다."

"그래? 하면 그러는 이유가 무엇이냐?"

"조나라 태자가 황궁을 불편해합니다. 그런 상황에서 조사를 해 본들 제대로 될까 싶어서 금군의 사령부로 정했을 뿐입니다."

"내가 황궁에서 하라 명을 내려도 뜻을 꺾지 않을 생각인 게냐?"

"마마가 관여할 문제가 아닌 줄로 압니다만."

"……!"

꿈틀.

황후의 눈썹이 칼날처럼 휘어졌다.

이환의 오만한 태도에 화가 치밀었지만 한편으로 그녀는 매우 놀라고 있었다.

'완전히 다른 사람처럼 변했다더니 사실이었구나. 과거의 나약했던 모습은 손톱만큼도 찾아볼 수가 없고, 마치 늑대를 보는 것 같구나.'

"미안하지만 제가 좀 바빠서……."

"육조 대신들이 어떤 조사 결과를 내어도 조나라의 태자는 절대 돌려보내선 안 되느니라. 적국의 서남왕에 굴복하면 천하의 웃음거리가 될 터이니 이 어미의 뜻에 따르도록 하거라."

"참고하지요."

이환은 살짝 머리만 숙이고 돌아섰다.

그런 그의 앞에 그를 이곳까지 안내했던 벽안의 여인이 서 있었다. 이환은 여인의 분위기가 싸늘하게 바뀌었음을 간파했다.

이환은 벽안의 여인을 응시하며 황후를 향해 말했다.

"지금 뭘 하자는 겁니까?"

"물러서라."

황후의 한마디에 벽안의 여인이 옆으로 물러섰다. 이환은 여인을 향해 흐릿하게 웃어 주었다.

"다음에 한 번 더 건방을 떨면 두 눈을 뽑아서 목걸이로 만들어 주지. 이 말 똑똑히 기억해 둬."

만화궁을 나선 이환은 곧장 태자궁으로 향했다. 관지백으로부터 상황을 설명받은 이소가 물었다.

"만나 뵈었느냐?"

"진짜 황후가 맞긴 한 겁니까?"

"생뚱맞게 그건 또 무슨 소리지?"

"너무 젊어진 것 같아서 말입니다. 아무리 주안술을 익혀도 그렇게까지는 힘들 텐데. 혹시……."

이환이 말끝을 흐리자, 이소가 씁쓸한 표정을 지었다.

"네가 생각하는 대로다."

"황후가 그렇게 젊어질 정도로 공력이 심후하단 말입니까?"

"확신할 만한 정보는 없다. 다만 황후께서 내가기공을 익힌 것만은 틀림없는 사실이다."

"만화궁 곳곳에 무림인들이 깔려 있던데, 알고 계셨습니까?"

"황후께서는 오래전부터 무림인들을 모으고 계셨다. 다만 그 정도가 얼마나 되는지는 아무도 모른다. 그건 그렇고, 황후께서 조나라의 서남왕과 연락을 주고받은 사실은 보고를 받아서 알고 있겠지?"

"월주에게 전해 들었습니다. 해서 말인데…… 황후가 어쩌면 전쟁을 원하는 것일 수도 있습니다."

"어찌하여 그렇게 생각하였느냐?"

"조나라 서남왕과 모종의 거래를 했다면 무조건 태자를 돌려보내라고 했을 겁니다. 하지만 조금 전에도 황후는 나라의 자존심 운운하며 절대 보내지 말라고 하더군요."

"서남왕이 조광을 포기하지 않는다면 전쟁이 일어날 가능성이 매우 높겠구나. 황후마마도 그걸 알고 일부러 그런 말을 했을 수도 있고 말이다."

"그렇습니다."

이소의 표정이 무거워졌다.

듣고 앉았던 조광도 마찬가지였다.

이환이 물었다.

"만약 전쟁이 일어난다면 조나라를 이길 승산은 있습니까?"

"글쎄다."

답을 미룬 이소가 조광을 돌아보며 물었다.

"조나라는 어떻게 보고 있소?"

"……."

"귀하의 안전과도 관련이 있으니 대답해 보시오."

잠시 머뭇거린 조광이 입을 열었다.

“조나라 군부는 오래전부터 압승을 장담하고 있소. 다만 진나라가 어떻게 나올지 예측이 불가하여 침공을 미루고 있을 뿐이오.”

조광의 솔직한 대답에 이소가 씁쓸한 표정으로 말했다.

“대외적으로 드러난 전력을 놓고 비교하면 우리가 열세인 건 틀림없는 사실이지. 조나라는 삼국 중에서 군비에 가장 많은 돈을 쏟아붓고 있으니까.”

“황후도 그 정도는 알고 있을 게 아닙니까?”

“물론 알고 계신다고 봐야지. 이 나라의 군부에 누구보다 관심이 많은 분이니까.”

이환은 미간을 좁혔다.

“열세인 것을 알면서도 전쟁을 마다하지 않겠다? 이러면 전쟁이 발발했을 때, 태자궁에 책임을 모조리 뒤집어씌울 목적은 아니라는 건데…….”

“그래, 그렇게 봐야겠지. 그래서 더 혼란스럽기도 하고.”

지켜보던 조광은 마음이 편치 않았다. 자신이 전쟁 발발의 명분이 되어 가고 있었다.

“미안하오. 괜히 나 때문에…….”

그때 파파가 말하고 나섰다.

“태자 전하의 안전을 보장해 주신다면, 이 늙은이가 조나라로 들어가 정보를 캐 오겠습니다.”

“혹시 서남왕이 파파의 존재를 알고 있나?”

"예. 자주 봤으니 당연히 알고 있을 것입니다."

"그럼 조나라로 들어가는 순간 당신은 죽어. 내가 서남왕이라도 파파의 보복을 가장 신경 쓸 테니까. 마음만 고맙게 받도록 하지."

"……."

이환은 자리에서 일어섰다.

"일단 각자 황후의 목적이 무엇인지 알아보도록 하죠. 확실한 정보를 입수하면 바로 알려 주십시오."

"그래, 그러마."

잠시 후 이환은 태자궁을 나섰다.

가면서 고미에게 지시했다.

"육조 대신들의 뒷조사를 조금 더 해 줘야겠다. 최소한 형조 대신 송영기 정도만 되어 주면 더 좋고."

"알겠습니다."

"전속으로."

"전속으로!"

두두두!

질풍처럼 황궁을 빠져나가는 이환 일행을 지켜보는 눈동자가 있었다.

삼황자 이성지가 사부라 부르는 노인이었다.

조금 전에 입궁했던 그는 이환의 뒷모습을 응시하며 눈빛을 가라앉혔다.

"저 기세가 참으로 놀랍구나. 입궁한 지 얼마나 되었다고 벌써 모두의 이목을 집중시키는 존재로 부상하다니 말이다."

"우리 저하께서는 그다지 신경 쓰는 눈치가 아니셨습니다."

"네가 잘못 보았다."

"예?"

"저하께서는 이미 대군을 의식하고 계신다. 안목이 깊은 사람은 곁을 스쳐 지나가도 상대의 크기를 알 수 있는 법이지. 저하의 안목은 이미 그 정도를 넘어서셨다."

노인이 돌아섰다.

"그만 돌아가자꾸나. 저하께서 기다리시겠다."

"예."

노인은 성문을 향해 걸었다.

그러던 중, 주변을 둘러보다가 누군가를 발견하고는 이채를 발했다.

이태지였다.

그가 호위무사들과 함께 황후의 만화궁으로 향하고 있었다.

'일부러 실력을 감추고 있는 것이라면 모를까, 드러난 것이 전부라면 이황자는 절대 우리 저하의 상대가 되지 못한다. 황후가 그걸 깨닫게 되는 날이면 천하의 주인은…….'

노인의 두 눈에 의미심장한 빛이 들어찼다.

사령부로 돌아온 이환은 심법 수련을 마치고 전각의 지붕에 올라 뜨겁게 달궈진 몸을 식혔다.

휘이잉!

초겨울을 향해 달려가는 날씨 탓에 바람은 제법 차가웠다. 덕분에 이환의 몸도 빨리 식어 갔다.

'황후가 노리는 게 뭘까?'

요즘은 이 생각뿐이었다.

분명 태자궁을 곤경에 빠트릴 뭔가를 노리고 있을 텐데, 그게 무엇인지 확신할 수가 없었다.

조나라가 전쟁을 선포하면 그 책임을 태자궁에 뒤집어 씌울 거라는 당초의 예상은 아닌 걸로 결론을 내렸다.

그걸 노렸다면 황후는 조광의 신병 인도를 반대한다는 목소리를 절대 내지 않았을 것이다.

'이렇게 되면 전쟁이 났을 때, 황후도 책임을 피할 수 없다. 그걸 모를 리 없는 황후가 그렇게 나오는 이유를 알아

내야 하는데…….'

푸드덕!

지붕까지 늘어진 나무 위로 부엉이 한 마리가 내려앉았다.

상념에서 깨어난 이환은 가부좌를 틀고 두 손을 가슴 위로 올렸다. 그러자 일곱 개의 빛이 반딧불이처럼 떠올랐다.

그런데 그 크기와 색의 농도가 이전보다 더 크고 짙었다.

빛은 부엉이가 있는 곳으로 날아갔다. 그러자 부엉이가 놀란 듯 황급히 날아올랐다.

푸드덕!

빛이 부엉이를 쫓았다. 그러다가 어느 순간에 팟 하는 소리와 함께 소멸했다.

'이제 가장 강한 초식만 남았군.'

과거의 힘을 빠르게 되찾아가고 있었지만, 여전히 사용 불가능한 초식은 남아 있었다.

그를 무제로 만들어 준 최강의 초식들. 하지만 현 상태에서 그 초식을 펼친다면 내상을 입거나 뼈가 부러지고 말 것이다.

'곧 펼칠 수 있게 되겠지.'

이환은 자리를 털고 일어섰다. 그리고 지붕의 끝으로 나아가 사령부 곳곳을 둘러보았다.

그러다가 조광의 방에 불이 환하게 켜져 있는 걸 발견하고는 슬며시 미간을 좁혔다.

미안하오. 괜히 나 때문에…….

태자궁에서 조광의 표정은 한없이 서글프고 처연해 보였다. 어떠한 목적 때문에 그를 데려온 이환조차도 살짝 마음이 흔들릴 정도였다.

자연스럽게 이소가 떠올랐다. 황후와 이태지에게 밀리면 그도 조광과 같은 운명을 맞게 될지도 모른다.

'화산지연의 뜻을 되살리기 위해서라도 그런 일은 없어야 한다.'

그가 이소를 돕는 이유였다.

이환은 사뿐히 뒷마당으로 내려섰다. 그런데 그곳에 고미가 앉아 있었다.

"나를 기다렸나?"

"일전에 장원에서 죽인 자들의 정체를 알아내었습니다."

"신의 예언을 따른다는 놈들이 아니라는 말처럼 들리는군."

"예. 놈들이 아니라 조나라 쪽 사람들이었습니다. 아마 이 근처에서 활동하며 정보를 수집했던 모양인데, 이상한 점이 하나 있습니다."

고미가 숨을 고르고는 말을 이었다.

"그들이 얼마 전부터 탈혼기라는 무공을 사용하는 자를 찾아 움직였었다고 합니다."

이환의 눈빛을 단숨에 변하게 만든 말이었다.

'탈혼기를 아는 조나라 놈들이라면 혹시 차중경을 쫓아온 건가?'

첫 번째 의심은 그것이었다.

하지만 이내 고개를 저었다.

'차중경은 사천으로 돌아간 걸로 꾸몄는데…… 그렇다면 주태를 찾아온 모양이군.'

"무슨 생각을 그리하시는지요?"

"아무것도 아니다. 다른 건 더 없나?"

"오늘은 이것뿐입니다."

"모처럼 술 한잔할까?"

"오늘은 너무 피곤해서, 죄송합니다. 하면 편히 쉬십시오."

"……."

오늘도 고미는 가차 없이 돌아섰다.

며칠 후, 우려했던 일이 터졌다.

예상했던 일이라 할 수도 있었다. 그것은 바로 조나라의 최후통첩이었다.

이환에게도 바로 보고가 올라왔다.

"한 달로 기간을 잡았단 말이지?"

"예. 벌써 전선 곳곳에서 조나라군의 움직임이 포착되고 있다고 합니다."

"조정은 어떡하고 있지?"

"오늘부터 모든 대신과 신료들을 입궁시켜 비상 체제에 돌입하고, 상황을 지켜보겠다고 합니다."

"조광을 돌려보내자는 대신들도 적지 않을 텐데? 혹시 황후가 그들을 막고 있나?"

"예. 이견을 낼 시 처벌이 따를 거라는 경고까지 내렸다고 합니다."

"결국 전쟁까지 불사하겠다는 건데……."

이환은 아직 황후의 의중을 파악하지 못했다. 몇 가지 경우의 수가 있었지만, 어떤 것이 확률이 높을지는 더 지켜봐야 할 일이었다.

고미가 넌지시 물었다.

"각 부의 대신을 비롯한 모든 신료에게 입궁하라는 명이 떨어졌는데, 대군께서도 입궁하셔야 하지 않겠습니까?"

"입궁이라……."

이환은 말끝을 흐리며 의자에 비스듬히 몸을 기대었다.

'가야 할까?'

그때였다.

철무옥이 문을 열고 들어섰다.

"궁에서 사람이 왔습니다."

이환은 열린 문 뒤에 서 있는 장수를 응시했다.

"무슨 일이지?"

"속히 입궁하시라는 명이 내려졌습니다."

"황후의 명인가?"

"폐하의 명이십니다."

"뭐? 하면 폐하가 대전에 드셨단 말이냐?"

"그것까지는 소장도 모르옵니다. 다만 태자 전하를 비롯한 황자 전원에게 동일한 명령이 내려졌습니다."

이환은 눈빛을 가라앉혔다.

'황제가 드디어 칩거를 깨고 나왔단 말인가?'

왠지 느낌이 좋지 않았다. 하지만 황명을 받고도 입궁하지 않을 순 없는 노릇이었다.

"황궁으로 간다."

"예."

제법 서둘렀건만 이미 수많은 신료가 먼저 와서 기다리고 있었다.

이환은 용상부터 살폈다.

그런데 황제는 없었다.

"왔느냐."

이환은 이소의 옆에 앉았다. 좌측 옆으로 이태지와 이성지가 앉아 있었다.

이환은 이소에게 전음으로 물었다.

[폐하께서 나오시는 겁니까?]

[황후께서 내린 명이다.]

[황명이라고 들었는데?]

[옥새와 폐하의 인장이 황후마마께 있으니, 그것을 이용해 황명을 빙자한 것이다.]

'이건 정말 몰랐는데…….'

그때 대신들이 일어섰다. 뒤를 이어 신료들이 일어서며 머리를 조아렸다.

황후가 들어서고 있었다.

이소를 비롯한 황자들도 모두 자리에서 일어나 머리를 숙였다.

하지만 이환은 꼿꼿이 선 채로 황후를 직시했다. 둘의 시선이 얽혀 든다 싶더니, 황후가 코웃음을 치며 고개를 돌려 버렸다.

'늙은 여우가 무슨 꾀를 부리려는지 곧 밝혀지겠군.'

황후가 자리에 앉자 대신과 신료들도 자리에 앉았다. 잠시 사무적인 인사를 건넨 황후가 모두를 향해 준엄한 어조로 말을 꺼냈다.

"무도한 조나라의 서남왕이 기어코 최후통첩을 해 왔소. 이에 본 황후는 폐하의 어지를 받들고자 하오."

대전이 조용하게 가라앉았다.

황명은 이 나라의 모든 이들의 생사여탈에 관여한다. 아무도 감히 거부할 수 없는 신의 명령과 같은 것이었다.

황후가 황제의 어지를 전했다.

"태조께서는 황가의 자손들이 솔선수범하여 이 나라의 백성들을 이끌기를 원하셨고, 이에 지금껏 수많은 황자가 전장으로 나아가 적에 맞서 싸우는 용맹을 보여 만인의 본이 되었다. 하여 짐도 선황들의 뜻을 따르고자 하니 태자를 비롯한 모든 황자는 전장으로 나아가 조국을 위해 검을 들 것을 명하노라!"

쿵!

질식할 것 같던 침묵이 깨졌다.

대신들이 술렁거렸다.

이소도, 이태지도 적잖이 놀란 표정이었다. 다만 이성지는 지그시 눈을 감은 채, 미동조차 하지 않았다. 이환도 뒤통수를 제대로 한 대 얻어맞은 기분이었다.

'이것이었군. 저 늙은 여우가 원했던 것이.'

이제 모든 것이 명확해졌다.

황후의 목적은 태자 이소를 전쟁터로 내모는 것이리라. 나머지 세 명의 황자까지 전장으로 보내는 것은 뒷말이 나오지 않게 하려는 수단에 불과할 터.

'전쟁터에서 태자를 제거할 속셈이군.'

이환은 황후를 응시했다.

마침 그녀가 태자와 황자들을 둘러보다가 이환과 시선이 딱 마주쳤다. 이환은 황후의 입가에 어린 미소를 보며 전음성을 날렸다.

[뜻대로 되지는 않을 거요, 계모.]

[지금 뭐라 하였느냐?]

[계. 모. 라고 했소. 뭐, 틀린 말은 아니지 않소?]

[네놈이 감히…….]

이환은 붉어지는 황후의 얼굴을 무시하고 이소를 돌아봤다. 그는 적잖이 충격을 받은 모습이었다.

'최대의 위기를 맞았다고 봐야 하나?'

4장

이환의 부임지

사령부로 돌아온 이환은 조광과 마주 앉았다. 황후의 선언은 조광과도 절대 무관하지 않았다.

이환은 먼저 황궁에서 일어난 일을 설명했다. 그러자 조광이 경악을 금치 못했다.

"모든 황자가 전장으로 떠난단 말이오?"

"이 나라의 법이 그렇소. 다만 태자는 의외지만 황후가 원하는 게 태자이니 어쩌겠소? 문제는 당신도 절대 이 일과 무관하지 않다는 점이오."

"……."

이환은 냉수를 한 모금 마시고 말을 이었다.

탁!

"황후와 서남왕이 거래를 한 거라면 황후의 다음 목표는 당신이 될 가능성이 매우 높을 거요."

"나를 강제로 돌려보낼 수도 있겠군요."
"서남왕이 그걸 원할 테니까."
조광이 처연하게 웃었다.
"그 작자가 전쟁을 선포하고, 황후는 그것을 이용해 태자를 전장으로 보내고, 또 황후는 그 작자에게 나를 건네주고…… 이런 식으로 흘러가는 것이오?"
"정확히 보셨소."
"우리 태자들이 무엇을 그리 잘못했다고……."
감정이 북받쳤는지 조광의 눈가가 붉게 물들어 갔다. 이환은 묵묵히 조광을 지켜봤다.
조광이 물었다.
"하면 나는 어떡하면 되겠소?"
"선택은 두 가지가 있소. 이곳에 남든가, 나와 함께 전장으로 가든가. 물론 아무도 모르는 곳으로 사라지는 것도 하나의 선택지가 될 수는 있소."
"……!"
"시간이 있으니 숙고해 보시오."
조광이 고개를 저었다. 그러고는 지그시 입술을 깨물며 말했다.
"대군을 따라 전장으로 가겠소. 나 홀로 여기 남아 봤자 황후를 감당할 수 없으니 그게 더 안전할 것 같소."
파파는 아무 말이 없었다. 그녀도 조광과 같은 생각을

하고 있었다.

이환과 이소가 전장으로 떠나면 조광을 지켜 줄 보호막이 완벽하게 사라지는 셈이나 마찬가지였다. 그렇다면 차라리 전장이라도 이환의 곁에 있는 것이 낫다고 판단했다.

'믿을 사람은 대군뿐이다.'

파파는 이환이 조광과 함께 가려 한다는 사실에 크게 감사하고 있었다.

이환이 물었다.

"나를 믿소?"

"솔직한 대답을 원하시오?"

"당연한 소리를."

조광이 잠시 머뭇거리다가 말을 이었다.

"대군을 믿는다기보다는 믿을 사람이 대군밖에 없다는 표현이 옳을 것 같소."

조광의 너무 솔직한 대답에 이환은 웃으며 파파를 돌아봤다.

"조나라와 가까운 곳으로 가게 되면 불러들일 사람들은 좀 있나?"

"찾아봐야 할 거 같습니다. 숙청이 일어났다면 모두 뿔뿔이 흩어졌을 가능성이 높은지라……."

"긍정적으로 생각하고 방법을 미리 찾아두도록 해."

"예, 대군."

이환은 자리를 떨치고 일어섰다.

"가야 할 전장이 결정되면 그때 알려 주겠소."

"없던 일이 될 가능성은 전혀 없는 것이오?"

"나도 그랬으면 좋겠지만 그럴 일은 없을 거요."

"……."

이환은 철무옥, 주태, 고미와 술자리를 가졌다.

부장 손영도 동석했다.

이환은 화주 한 병을 비울 때까지 아무 말도 하지 않았다.

따라서 분위기는 무거울 수밖에 없었다.

고미가 조심스럽게 입을 열었다.

"보나 마나 황후는 태자 전하와 대군을 떨어뜨려 놓을 것입니다."

"그럴 테지."

모두는 무겁게 고개를 끄덕였다.

"대군께서 가셔야 할 곳이 남부군단이 아닐 수도 있습니다. 제가 황후라면 생소한 곳으로 보낼 테니까요."

이환은 담담히 말을 받았다.

"당연히 나와 황후 쪽 장수들이 지휘하는 전선으로 보내겠지. 그건 태자도 마찬가지일 테고."

"그렇습니다."

사실 이환은 이 부분을 두고 고심하는 중이었다. 자신이야 아무 걱정도 하지 않았지만, 태자가 문제였다.

황후는 분명 태자를 가장 위험한 곳으로 보낼 터였다.

철무옥이 물었다.

"태자 전하와 같은 곳으로 갈 방법은 아예 없는 겁니까?"

"늙은 여우한테 옥새와 황제의 인장이 있으니 그걸로 황명을 빙자하여 부임지를 정해 버리면 태자조차도 거부할 방법이 없다. 나는 말할 것도 없고."

"황후에게 그런 막강한 힘이 있다면 모든 걸 마음대로 할 수 있을 텐데, 지금까지 왜 참았을까요?"

"황명이라고 무엇이든 다 할 수 있는 게 아니다. 자칫 잘못했다가는 역풍을 맞을 수도 있으니까. 다만 이번 사안은 태조가 정한 황가의 철칙 때문에 꼼짝없이 당할 수밖에 없는 거다. 그러니까 태자궁에서도 아무런 반발조차 하지 못하는 것이고."

"이거 황후한테 제대로 한 방 맞은 것 같습니다. 차라리 그냥 황후를…… 아닙니다."

주태가 말끝을 흐렸다. 하지만 모두는 그가 무슨 말을 하려고 했는지 충분히 짐작했다.

"좀 쉬어야겠으니 다들 이만 나가 봐."

어둠이 내려앉은 호수는 마치 심연처럼 고요했다. 언제나 바둑돌 놓이는 소리로 가득했던 정자에 삼황자 이성지와 노인이 마주 앉았다.

"역시 이렇게 되었군요."

"황후마마로서는 누구도 거부할 수 없는 최강의 패를 꺼내신 셈이지요."

이성지가 마른 웃음을 머금었다.

"우습더군요."

"뭐가 말입니까?"

"그때 대신들의 표정을 보았습니다. 다들 놀라워했지만 내심 안도하는 눈치더군요. 뭐, 그들로서는 이 상황이 꽃놀이패나 다름없으니 그럴 수밖에요. 누가 살아서 돌아오든, 그저 지켜보다가 승자에게 숟가락만 얹으면 되니 말입니다."

"흠."

노인도 이성지의 말에 고개를 끄덕이며 수긍했다.

"일단 사람들을 불러들이겠습니다. 그들이 전장에서 저하를 모실 것입니다."

"태자궁도 무림인들을 모두 불러들이겠군요."

"아마 그럴 것입니다. 누구보다 당신이 위험하다고 여기

실 테니까요. 그리고 그건 사실이지 않습니까?"

"어쩌면 어마마마는 그것까지 염두에 두셨을 겁니다. 태자궁의 힘이 어느 정도인지 확인하는 것 말입니다. 사실 누구도 그걸 모르고 있으니까요."

"예. 소신의 생각도 그러합니다."

이성지가 다시 마른 웃음을 머금었다.

"내 어머니지만 참 무서운 분입니다. 그래서……."

말끝을 흐리는 이성지의 눈빛이 평소와는 달리 차갑게 식어 갔다.

"절대 그분이 권력을 잡는 일은 없어야 합니다. 이 나라의 백성들을 위해서라도 말입니다."

"……."

이성지가 일어섰다.

"쉬시겠습니까?"

"예. 곧 아주 멀리 험한 곳으로 갈 텐데 미리미리 쉬어 두어야지요. 그럼."

노인은 정자를 내려가는 이성지의 뒷모습을 응시하며 나지막이 숨을 골랐다.

"흠……."

정자에서 멀찌감치 떨어진 곳에 서 있던 청포인이 다가왔다.

"모두 불러들입니까?"

"그래, 소림의 나한들까지."

"소림사까지 말입니까?"

"어쩌겠느냐. 당장은 저하를 지켜 드리는 것이 우선이니 그들의 힘을 빌릴 수밖에."

"알겠습니다. 바로 연락을 취하겠습니다."

청포인이 사라지자, 노인은 아무것도 없는 허공을 향해 한마디 했다.

"언제까지 그곳에 있을 생각인가? 어서 저하를 모시게."

말이 끝나기가 무섭게 허공이 일렁이는 현상이 벌어졌다. 노인은 암중의 기운이 멀어지자 비로소 정자를 내려갔다.

이태지의 거처.

이번 사태에 태자 이소만큼이나 놀란 사람은 바로 이태지였다.

황후가 그에게 사전에 언급조차 해 주지 않은 까닭이었다.

"태자궁을 잡겠다고 나까지 전선으로 보내려 하시다니! 이러다가 잘못되기라도 하면 대체 어쩌시려고!"

탁!

탁자 위의 찻잔이 심하게 흔들렸다.

잔뜩 붉어진 얼굴이 좀처럼 가라앉지 않는 것을 보면 상당히 화가 난 것이리라.

맞은편에 앉은 문이종이 조용히 입을 열었다.

"일단 황명으로 결정 난 사안이니 따를 수밖에요. 소신과 홍월이 저하를 지켜 드릴 것이니 너무 심려치 마십시오."

"홍월만으로 될 일이 아니니 다른 무림인들도 전부 불러들이시오! 검을 휘두를 수 있는 자라면 전부 다!"

"예, 그리하겠습니다."

이태지와는 달리 문이종은 한없이 침착했다.

사실 그는 황후의 이번 결정을 오히려 반기고 있었다.

'전장이라면 수월하게 놈의 숨통을 끊어 버릴 수 있으리라.'

결정 이후, 문이종의 머릿속에서는 이환의 얼굴이 떠나지 않고 있었다. 그는 이번 사태를 이용해 반드시 이환을 제거할 생각이었다.

'네놈이 이 나라의 끝으로 가도 상관없다. 어디로 가든 절대 살아서 돌아오지 못하게 해 주마.'

그에게는 이번 사태가 황후가 내린 크나큰 선물이었다.

태자 이소를 비롯한 모든 황자의 전선 투입이라는 파격적인 결정이 났건만 황궁은 평소와 다를 바 없었다. 하지만 그건 어디까지나 겉모습에 불과했다.

태자궁을 비롯한 황자들은 전선으로 대동할 무림인들을 불러들이는 데 온 힘을 쏟고 있었다. 그런 측면에서 보자면 이환이 가장 조용했다.

그도 그럴 것이 이왕의 일맥을 빼면 더는 불러들일 세력이 전혀 없기 때문이었다.

그렇다고 금군을 대동할 수도 없었다. 전시에 금군의 주된 임무는 황도를 방어하는 것이었다.

아무리 이환이 금군의 수장이라도 함부로 병력을 뺄 수는 없는 노릇이었다.

설사 뺄 수 있다고 해도 황후가 그냥 지켜볼 리는 없었고, 이환도 굳이 금군을 대동할 생각은 없었다.

그렇게 며칠이 흘렀을 때, 드디어 태자 이소를 비롯한 황자들의 부임지가 결정됐다.

이환의 집무실.

태자궁에서 나온 장수가 이환의 앞에서 머리를 숙였다.

"대군의 부임지로 북부군단이 결정되었습니다."

"북부군단?"

이환은 무덤덤했지만 철무옥을 비롯한 측근들은 내심

환호했다. 북부군단은 과거 유일하게 남부군단으로 지원 병력을 보내 준 곳이 아닌가.

이환이 물었다.

"태자는 어디로 가시느냐?"

장수가 무거운 어조로 대답했다.

"서부군단입니다."

"역시 그렇군."

서부군단은 조나라와 가장 넓은 면적에 걸쳐 머리를 맞대고 있는, 그야말로 최전방의 전선이라 할 수 있었다. 더 큰 문제는 그곳의 총사가 황후와 이황자 쪽 인물이라는 점이었다.

'아주 제대로 호랑이 굴로 보내 버릴 생각이군.'

부장 손영이 장수에게 물었다.

"이황자와 삼황자는 어디로 갑니까?"

"이황자는 중앙군, 삼황자는 남부군단으로 결정되었습니다."

장수의 말에 손영을 비롯한 모두가 어이없다는 표정을 지었다.

군부에 대해 잘 알고 있었던 손영이 조금은 성난 목소리로 말했다.

"중앙군은 지원과 보급을 담당하는 곳인데, 그곳으로 이황자를 보낸다는 건 여차하면 지원도, 보급도 끊어 버리겠다는 심산이 아닙니까?"

"흥분하지 마라. 내가 황후라도 같은 결정을 내릴 거니까."

이환은 장수에게 물었다.

"출발 시기는 정해졌나?"

"사흘 안에 모두 떠나라는 황후마마의 명이 있었습니다."

"태자궁은 준비를 끝냈겠지?"

"예. 전하께서는 내일 당장 부임지로 떠나신다고 하셨습니다."

"하긴 이럴 때일수록 의연한 모습을 보여야겠지. 어쨌든 수고했으니, 밥이라도 먹고 가도록 해."

"아닙니다. 소장도 바로 돌아가서 떠날 준비를 해야 합니다. 하면 대군…… 부디 조심하십시오."

장수는 바로 돌아갔다.

손영이 물었다.

"정말 금군을 대동하지 않으시겠습니까?"

"나 살자고 법을 어길 순 없다. 그리고 금군을 대동하면 그게 나중에 또 하나의 족쇄가 될 수도 있으니 그만해."

"하면 금군 소속의 무림인들이라도 대동하십시오. 그건 전혀 문제 되지 않습니다."

"그들이 있어야 유사시 부장이 힘을 제대로 쓸 거 아니냐. 내 걱정은 말고 유 장군과 함께 금군을 잘 이끌도록 해. 이럴 때 금군이 제대로 된 모습을 보여 준다면 추후 내게 큰 도움이 될 것이다."

"……."

이환은 이미 손영을 권한대행으로 임명하고 그의 부장으로 유우성을 앉히는 인사를 단행했다. 또한 인사에 불만을 품거나 기강을 해치는 행위를 하였을 때, 권한대행에게 즉참할 수 있는 권한까지 더해 두었다.

전시에서의 군령은 황명만큼이나 강력하기에 누구든 목이 날아가도 할 말이 없게 만들어 놓은 것이다.

이환은 손영을 응시했다.

"자신 없나?"

"솔직히 소장은 대군을 모시고 싶습니다. 하니 지금이라도 군령을……."

"그만."

"대군."

"부장을 믿고 떠나는 거다. 믿을 사람이 없다면 내가 과연 전장에서 집중할 수 있을까? 그러니 내가 살아서 돌아오기를 바란다면 맡은 역할에 충실 하도록 해."

"……."

그때 주태가 들어섰다.

"모두 도착했습니다."

"몇 명이지?"

"스물한 명인데, 지금이라도 더 불러들이는 것이 좋지 않겠습니까?"

"됐어. 그 정도면 충분해."

스물한 명은 이왕 일맥에서 차출한 인원이었다. 충분히 더 데려갈 수도 있었지만, 이환은 그럴 생각이 없었다.

'그 아이도 절대 안전하지 않다. 그러자면 최소한의 인원은 남겨 두어야 한다.'

이영을 배려한 결정이었다.

황룡상단이 위축되면서 자금줄에 영향을 받은 황후측이 이영을 건드리지 말란 법은 없었다.

"다들 이틀 동안은 마음껏 마시며 즐기도록 해. 내가 허락할 때까지 아무도 거처에 들이지 말도록 하고."

"알겠습니다."

고미는 곧장 거처로 향했다.

비월의 무사들이 그녀를 맞았다.

"언제 떠납니까?"

"이틀 후에 떠날 거니까 다들 임무는 잠시 내려놓고 저잣거리에 나가서 좀 즐겨."

"저흰 여기가 편합니다. 한데 어디로 갑니까?"

"북부군단."

"정말 최전방으로 가는군요."

고미는 모두를 천천히 바라봤다.

여기 있는 인원 모두가 함께 가기로 했다. 이환을 제대로 도우려면 혼자의 힘만으로는 부족하리라 판단한 것이다.

그건 쉽지 않은 결정이었다.

전장에서의 첩보 활동은 언제 죽을지 모를 위험이 동반된다. 어쩌면 다수의 전사자가 생길지도 모른다.

그래도 데려갈 수밖에 없었다.

"다들 각오 단단히 하도록 해. 지금까지 했던 그 어떤 임무보다 위험할 테니까."

"예!"

고미는 씩씩하게 대답하는 대원들을 보며 옅은 미소를 머금었다.

"모처럼 다 같이 식사나 할까?"

"좋습니다!"

"식사를 준비하겠습니다!"

"아니. 오늘은 저잣거리에서 먹는 게 좋겠어. 모처럼 술도 한잔하고."

"예!"

분위기는 평상시와 다를 바 없었다. 그래서 더 마음이 무거워졌다.

그녀라고 어찌 모를까?

걱정하지 말라며 일부러 저런다는 것을.

'아무도 죽지 않게 할 거야. 아무도.'

유령곡주를 쫓아서 연나라의 남부군단까지 왔다가 되돌아간 남궁장천.

모처럼 제대로 된 수련의 시간을 갖기 위해 자신만의 공간으로 향하던 그에게 연나라를 향한 조나라의 선전포고 소식이 전해졌다.

남궁장천은 수련을 포기하고 황궁으로 발길을 돌렸다.

'분위기가 어수선하네.'

오가는 사람들의 얼굴에서 긴장감을 확실히 엿볼 수 있었다. 연, 조 두 나라의 전쟁이라지만 진나라 역시 결코 마음을 놓을 수 없는 건, 두 나라와 맞대고 있는 국경이 매우 넓기 때문이었다.

"공자!"

뒤에서 누군가 남궁장천을 불렀다.

돌아보니 젊은 장수가 다가오고 있었다.

"안 그래도 오실 것 같아서 기다리는 중이었습니다. 어서 태자궁으로 가시지요."

"전하께서 저를 기다리십니까?"
"예. 단리 공자도 이미 와 계십니다."
남궁장천은 곧장 태자궁으로 향했다. 잠시 후 안으로 들어가니 단리목이 웃으며 그를 맞았다.
"역시 왔네?"
"안 올 수가 있어야지. 그런데 여긴 어쩐 일이야?"
"전하께서 부르시니 올 수밖에."
남궁장천은 태자의 방을 응시했다. 장수 두 명이 지키고 있는 그곳의 문은 굳게 닫혀 있었다.
"조금 전에 손님이 와서 지금은 뵐 수 없으니 저리로 가지."
둘은 태자궁의 정원으로 나섰다.
둘이 정원 한쪽에 있던 탁자에 자리를 잡자 무사들이 차를 갖고 왔다.
단리목이 물었다.
"갔던 일은 어떻게 되었나?"
"그냥 뭐."
"이봐, 우리 사이에 뭘 숨기고 그래?"
"숨기긴 뭘 숨겨. 그냥 여기저기 돌아다닌 게 전부인데."
"거기까지 가서 빈손으로 왔단 말이냐?"
"애처럼 선물은."
"선물 말고 정보 말이다, 정보."

단리목의 그 말에 남궁장천은 이환의 얼굴이 바로 떠올랐다. 연나라까지 넘어가서 얻은 소득이라고는 소문과는 딴판인 이환의 능력을 확인한 것이었다.

"연나라의 허수아비 대군에 대해 들어 봤지?"

"서출에 무늬만 대군이라는 그 양반 말이냐? 물론 들어 봤지. 그런데 그건 왜?"

남궁장천이 찻잔을 쥐며 말을 이었다.

"소문이 완전히 잘못되었어. 허수아비가 아니라 호랑이였다. 어쩌면 그 이상일 수도 있고."

"오호. 네가 이렇게 말할 정도면 진짜 대단하다는 건데. 뭐가 얼마나 대단했을까?"

남궁장천은 이환을 지켜보다가 하마터면 들킬 뻔했던 상황을 설명했다. 물론 고미의 나신을 훔쳐본 건 말하지 않았다.

단리목이 두 눈을 치떴다.

"정말 그 정도란 말이냐?"

"그땐 정말 꼼짝없이 싸우게 될 줄 알았어."

남궁장천은 차를 한 모금 마셨다.

'차가 바뀌었나?'

차향이 평소의 태자가 마시던 것과 조금 달랐다.

단리목도 차를 한 모금 마셨다.

딸그락.

"아! 그 소식 들었나?"

"무슨 소식?"

"연나라의 황자들이 모두 전선으로 떠난다고 하더라. 태자까지 말이야. 원래 그 나라에 그런 법이 있긴 했는데, 그래도 태자까지 전선으로 보낸다는 건 정말 놀랍지 않냐?"

"멋지네."

"멋져?"

"권력의 정점에 있는 황자들의 솔선수범. 그건 우리도 배워야지. 아무리 법으로 정해져 있다고 해도 절대 쉬운 일은 아니잖아."

"그렇긴 하지. 그래도 우리한테까지 똥물을 튀기는 건 좀 아니잖아?"

피식.

실소를 머금는 남궁장천의 머릿속에 다시 이환의 얼굴이 떠올랐다.

'그는 어디로 갈까?'

그때였다. 장수가 다가왔다.

"들어가시지요."

남궁장천이 태자를 만나고 황궁을 나선 건 사위가 어둑

어둑해지는 저녁 무렵이었다.

단리목이 그와 함께 나왔다.

“환장하겠네. 하필이면 북부전선이냐.”

단리목이 푸념을 늘어놓았다. 조금 전, 태자는 두 사람에게 북부전선으로 가서 대기하라는 명령을 내렸다. 두 나라의 전쟁이 언제 어떤 식으로 불똥이 튈지 모르니 북부전선에서 대기하며 만약의 상황에 대비하라는 뜻이었다.

북부전선은 서쪽으로 조나라, 동북쪽으로 연나라와 국경을 접하고 있는 최전방 지역이었다. 얼마 전 조나라와 한바탕 격전을 벌였던 적수에서 멀지 않은 곳이기도 했다.

“그냥 평화롭게 살면 될 것을 왜 전쟁을 벌이냐고, 왜.”

단리목은 북부전선으로 가는 게 못마땅한 모양이었다. 그에 반해 남궁장천은 담담했다. 그는 지금도 이환을 생각하고 있었다.

‘그가 이전에 있었던 남부군단으로 간다면 또 볼지도 모르겠네.’

진나라의 북부전선은 연나라의 남부군단과 그렇게 멀지 않았다. 따라서 이환이 남부군단으로 간다면 또 보게 될지도 모를 일이었다.

“무슨 생각을 그렇게 해?”

“그냥 이것저것.”

남궁장천이 걸음을 멈추고는 단리목을 향해 말을 이었다.

"볼일이 있어서 세가에 좀 다녀와야겠다. 나중에 전선에서 만나자."

"이런, 모처럼 한잔하려고 했더니."

"중요한 일이라서."

"어쩔 수 없지. 대신 너무 늦지는 마라. 거기 총사가 아주 호랑이라더라."

"알았다."

단리목과 헤어진 남궁장천은 말을 타고 곧장 세가로 향했다.

중요한 볼일이란 검을 손보는 것이었다. 조나라와의 전투에서 검날이 많이 상했기에 북부전선으로 가기 전에 손을 봐야 했다. 남궁세가의 검은 일반 대장간에서는 손볼 수 없는 아주 특별한 방법으로 만들어졌다.

'이참에 가문의 보검을 달라고 해 볼까?'

가문의 보검을 떠올린 남궁장천.

하지만 이내 쓴웃음을 지으며 고개를 저었다.

'주실 리가 없지. 아직도 나를 어린애처럼 보시는 분인데. 그런 의미에서 보면 난 아직 멀었다. 세상은 천재라 칭송하지만, 실상은 가문조차 인정하지 않는 애송이에 불과하니까.'

아버지를 떠올린 남궁장천은 나지막이 한숨을 내쉬며 말의 옆구리를 걷어찼다.

"이랴하!"

두두두!

남부군단.

황자들이 전선으로 간다는 소식이 전해지자 총사 팽무위와 정천, 그리고 송회와 팽문이 한자리에 모였다. 팽가주 팽문은 하북으로 돌아가지 않고 지금껏 팽무위의 곁을 함께하고 있었다.

팽무위가 심각한 어조로 말했다.

"아무리 그래도 태자 전하까지 전선으로 보내다니, 황후마마께서 선을 넘어도 제대로 넘으신 것 같소."

"통탄할 일이지요!"

정천은 매우 분개했다.

"우리 대군께서 이곳으로 오시면 좋을 텐데……."

팽무위의 그 말에 송회가 무거운 표정으로 고개를 저었다.

"황후께서 일부러라도 이곳으로 보내지는 않을 겁니다. 어쩌면 가장 힘든 지역으로 보낼 가능성이 매우 높습니다."

"소장의 생각도 그러합니다. 그래서 더 걱정입니다."

정천이 수긍하고 나섰다.

지금껏 묵묵히 듣고만 앉았던 팽문이 입을 열었다.

"가장 험한 곳은 태자 전하께서 가실 가능성이 가장 높소이다. 황후마마와 이황자의 목적은 어차피 전하를 무너뜨리는 것일 테니까요."

탁!

팽무위가 손으로 탁자를 강하게 내리쳤다.

"내가 그런 무리와 함께하려 했다니, 생각만 해도 부끄러워 고개를 들지 못하겠습니다. 늦게라도 대군께서 옳은 길로 이끌어 주지 않으셨다면 나는 물론이고 우리 팽가까지 천고의 역적이 되었을 것입니다."

팽문이 지그시 눈을 감았다.

돌이켜 보면 자신도 황후와 이황자가 태자를 밀어내고 정권을 잡게 될 거라 확신했던 때가 있었다. 만약 그때 그들과 손을 잡고 이환을 어찌했더라면 하북팽가는 영원히 황후의 그늘에서 벗어나지 못하게 되었을 것이다.

물론 황후와 이황자가 정권을 잡게 된다면 부귀영화가 따르겠지만 그건 결코 팽문이 바라던 바가 아니었다.

'아무리 역사가 승자의 것이라도 강호의 무인으로서 불의에 동참할 순 없다.'

팽문은 태자와 이환의 그늘에 든 것을 절대 후회하지 않았다.

그때였다.

팽무위의 부장이 안으로 들어섰다.

"총사, 황궁에서 서신이 왔습니다."

팽무위는 부장이 건넨 서신을 즉각 펼쳤다. 뒤이어 실망스러움과 동시에 고개를 갸우뚱거렸다.

"삼황자가 이곳으로 온다고?"

"삼황자가 남부군단으로 오신단 말입니까?"

"그렇소."

송회가 다급히 물었다.

"우리 대군은 어디로 가신답니까?"

"그건 적혀 있지 않소."

예상은 했지만 막상 이환이 오지 않는다고 하니 모두는 실망감을 감추지 못했다. 송회는 한숨마저 내쉬었다.

팽문이 물었다.

"삼황자는 어떤 분이시오?"

그 질문에 정천이 대답했다.

"황후의 소생이기는 하지만 알려진 게 거의 없는 분입니다. 그래서 더 걱정입니다. 뭐라도 알려진 게 있으면 대책이라도 세울 텐데 말입니다."

"흠."

팽무위가 눈빛을 발하며 말했다.

"대책을 세우고 말고 할 게 있겠소? 우린 그저 본연의 임무에 최선을 다하면 그뿐이니 황자라고 해서 위축되지 맙시다."

"물론입니다."

말은 그렇게 했지만 팽무위는 불안했다.

'우리 대군은 대체 어디로 가시려나…….'

북부군단 총사 곽충무의 손에 한 장의 전서가 들렸다.

"흠……."

"무슨 내용입니까?"

"사황자께서 이리로 오신다는구나."

"아! 그렇습니까? 다행입니다."

"어째서 다행이라는 것이냐?"

"이황자나 삼황자께서 오시면 매우 껄끄럽지 않겠습니까? 황후께서 항상 지켜보고 계실 테니 말입니다."

"어느 분이 와도 우린 우리의 역할에 충실하면 그뿐이니 쓸데없는 생각은 말고 군영을 돌며 허술한 곳은 없는지 살펴보거라."

"예, 총사."

부장이 나가고 곽충무는 창가로 걸어가 창문을 열어젖혔다. 막사가 가장 높은 곳에 있어서 군영이 한눈에 내려다보였다.

군영 전체에 팽팽한 긴장감이 흘렀다. 조나라의 최후통

첩 이후 곽충무는 전군에 최고 수준의 경계령을 발동하고 전쟁에 대비하고 있었다.

군영 곳곳을 살피던 곽충무의 호목이 한순간 불꽃으로 일렁거렸다.

"태자 전하를 전선으로 보내다니, 황후마마가 선을 넘어도 한참을 넘었구나."

이미 황후의 특단적인 조치는 이곳에까지 전해져 있었다.

성역 없는 결정이라며 환호하는 무사들도 있지만 대부분은 과한 처사라 받아들이고 있었다. 곽충무도 그중 한 명이었다.

차기 황제인 태자는 하늘 아래에서 두 번째로 존귀한 존재였다.

'이 나라가 대체 어디로 흘러가는 것인지.'

휘이잉!

바람이 얼굴을 쓸고 지나갈 때, 곽충무는 이환을 떠올렸다. 아주 오래전 한번 본 적이 있었다. 그때 이환은 한없이 나약하고 소심한 황자였다.

그랬던 그가 완전히 다른 사람으로 변하더니 얼마 전에는 요직 중의 요직이랄 수 있는 금군의 수장이 되었다는 소식이 전해졌다.

마치 호랑이를 마주하는 기분이었습니다.

곽충무는 지난날 남부군단으로 지원에 나섰다가 돌아온 장수의 말을 떠올렸다.

'어떻게 변하셨는지는 직접 뵈면 알 수 있겠지. 그나저나 태자 전하는 대체 어디로 가시는지…….'

일렁이던 곽충무의 두 눈이 이내 안타까움과 고뇌의 빛을 머금어 갔다.

오늘따라 날씨가 유난히 화창했다.

새파란 하늘 위를 떠다니는 구름이 마치 호수 위를 노니는 백조처럼 아름답고, 그 너머의 창천은 손으로 찍으면 묻어날 것만 같았다.

철그럭. 철그럭.

이환은 전마의 움직임에 몸을 맡긴 채 스쳐 지나가는 풍경에 시선을 던졌다.

지금 그는 측근들과 함께 북부군단으로 향하는 중이었다. 어제 이영의 저택에서 하룻밤을 머물며 걱정하는 그녀를 달래 주고, 오늘 아침에 북부군단을 향한 여정을 시작한 것이다.

그와 함께하는 인원은 보는 이들이 초라하게 여길 정도였다. 이왕 일맥의 무사들과 비월을 합해도 쉰 명을 넘지 못했다.

두 일맥의 무사 상당수는 황도에 남아 있었다. 물론 이환이 그러라 지시한 것이었다.

철그럭! 철그럭!

관도에 이르기 전에 오가던 사람들이 황자의 행렬임을 알아보고는 머리를 조아렸다.

이제 이런 광경도 익숙해진 이환이었다.

"관도는 아직 멀었나?"

"일각 정도만 더 이동하면 관도가 시작됩니다."

모두는 관도를 향해 움직였다.

그러기를 얼마나 지났을까?

전방에서 한 무리의 승려들이 모습을 드러내었다. 대략 쉰 명쯤 될까? 하나같이 핏빛 가사에 온갖 무기를 지닌 무승(武僧)들이었다.

이환은 고미를 돌아보며 물었다.

"소림사가 삼황자 쪽에 붙었다고 했나?"

"예. 저희가 입수한 정보에 의하면 그렇습니다. 아마 저들도 삼황자와 함께 남부군단으로 갈 것 같습니다."

무승들은 바로 소림사의 나한들이었다.

이환은 소림사의 나한들을 응시하며 실소를 머금었다.

"부처님이 놀라 자빠지겠군."

소림사는 이환의 시대가 끝난 이후, 지금껏 세속의 일에 관여하지 않았었다. 그랬던 그들이 삼황자의 휘하로 들어갔다는 건 이환으로서는 절대 달갑지 않은 일이었다.

다그닥! 다그닥!

나한들이 이환 일행과는 반대쪽인 황궁을 향하고 있어서 서로의 거리가 점점 가까워졌다.

철무옥이 나한들을 향해 나지막이 외쳤다.

"황가의 대군이시다. 걸음을 멈추고 머리를 조아려라!"

처처척!

그의 외침에 나한들이 길가로 물러서며 머리를 숙였다.

이환은 그 앞을 지나가며 한 나한을 직시했다. 다른 나한들과 복장이 다른 그가 수장이었다.

마침 시선이 마주치자 이환은 흐릿하게 웃었다.

나한이 합장하며 나지막이 불호를 읊조렸다.

"아미타불."

"삼황자를 지원하는 병력이 이게 전부인가?"

"예, 그렇습니다."

"가서 잘해 봐."

"……."

이환은 이내 시선을 돌렸다.

나한들은 이환 일행이 지나갈 때까지 기다렸다. 잠시 후 이환과 말을 섞었던 나한이 다른 나한에게 물었다.

"저분이 금군의 수장이 되셨다는 사황자이신가?"

"예, 사숙."

사숙이라 불린 나한이 슬며시 미간을 좁혔다.

"참으로 초라한 병력이로다. 저 병력으로 과연 호위가 가능할지가 의문이구나."

"금군을 대동하지 않은 것을 보면 황후마마께서 불허하신 것 같습니다."

"하긴 숫자가 모든 걸 결정하진 않는 법. 어딘가 믿는 구석이 있어서겠지. 자! 그만 가자꾸나. 황자께서 기다리시겠다."

"예!"

나한들은 다시 황궁을 향해 이동을 재개했다.

며칠 후.

북부군단에서 하루 떨어진 곳까지 올라온 이환 일행은 한 도시의 저잣거리로 들어섰다.

규모는 작았지만, 객잔이 줄지어 늘어서 있는 저잣거리의 화려함만큼은 여느 도시에 뒤떨어지지 않았다.

이환은 객잔의 맨 위층을 통째로 빌렸다.

오늘만큼은 모두에게 제대로 된 휴식과 식사를 하게 해주고 싶었던 그는 가장 비싼 요리와 술을 잔뜩 주문했다.

잠시 후 본격적인 식사가 시작되고 한 식경쯤 흘렀을까? 객잔 안으로 갑주를 걸친 장수 두 명이 들어섰다.

모두가 장수를 응시했다.

“혹시 황도에서 오신 무령대군이십니까?”

무령이라는 호는 이환이 태어났을 때 황제가 지어 주었다. 그때까지만 해도 황제는 이환의 생모를 극진히 아꼈다.

“그렇소. 한데 어디서 나왔소?”

철무옥이 되물었다.

두 장수가 부동자세를 취하며 이환에게 군례를 취했다.

“충!”

이환은 젓가락을 내려놓으며 두 장수를 향해 담담히 물었다.

“북부군단에서 왔나?”

“예! 그렇습니다! 총사의 명으로 대군이 오시기를 기다리고 있었습니다!”

“그럼 앉지.”

“괜찮습니다! 식사를 마치시면 다시 올라오겠습니다!”

“괜찮으니 그냥 앉아.”

“……예!”

송천무가 옆 탁자에서 의자 두 개를 갖고 오자, 장수들이 그곳에 앉았다.

“술은 안 될 테니 식사라도 해.”

이환이 손수 젓가락을 건네니 장수들은 거절하지 못하고 두 손을 내밀었다.

"내 앞에서 겸양 떨 필요는 없으니 마음껏 먹어. 술도 한잔하고."

"감사합니다!"

"감사합니다, 대군!"

이환은 젓가락을 내려놓고 술잔을 입으로 가져갔다. 고미가 빈 잔에 술을 채웠다.

쪼르륵.

이환은 장수들이 제대로 식사할 수 있게끔 일부러 말을 걸지 않았다. 그렇게 조금 시간이 흐른 뒤에야 궁금한 점을 물었다.

"조나라군의 움직임은 어떻지?"

"기존에 주둔하고 있던 병력이 최근 들어 두 배로 늘어났습니다. 무림인들도 다수 합류했다는 첩보도 입수했습니다."

"북부군단과 비교하면 어때?"

"병력의 규모만 놓고 보면 아군보다 두 배하고 조금 더 되는 수준입니다."

"총사가 걱정이 크겠군."

"아닙니다! 총사를 비롯한 모든 장수는 열 배의 적이 몰려와도 물리칠 수 있다는 자신감으로 임하고 있습니다!"

"괜찮으니 목소리 좀 낮춰."

"……예."

두 장수는 마치 신병처럼 군기가 바짝 들어 있었다. 그렇다고 직급이 낮은 것도 아니었다.

여기서 이환은 북부군단의 기강이 어떠한지 짐작할 수 있었다.

'북부군단의 총사 곽충무가 뼛속까지 군인이라고 하더니 기강 하나는 제대로 잡아 놨군.'

곽충무는 연나라에서 손에 꼽히는 맹장이자 명장이며, 탁월한 지휘관으로 정평이 나 있었다. 한때 대도독이 될 거라는 소문까지 돌았으나 어찌 된 일인지 지금껏 북부군단을 떠나지 않는 중이었다.

그가 지휘하는 북부군단이 어떠한지는 두 장수의 모습만으로 충분히 짐작할 수 있었다.

한 장수가 조심스럽게 물었다.

"다른 병력은 언제 도착하는 것입니까?"

"이게 다야."

"……예?"

"우르르 데리고 올 줄 알았나 보군."

"최소 이백여 명은 넘을 줄 알고 막사를 그 정도 선에 맞춰서 준비해 두었습니다."

"일당백이라고 생각해."

"알겠습니다!"
"식사들 해. 나는 먼저 올라가서 쉬어야겠다."
"나도 먼저 올라가서 쉬겠소."
조광과 파파도 일어섰다.
두 사람은 복장부터 얼굴까지 완전히 다른 사람으로 변장한 상태였다. 만약 조광이 이환과 함께 있다는 게 밝혀지면 조나라 서남왕이 북부군단으로 대군을 보낼 수도 있으니 기밀 유지에 최선을 다해야 했다.
"푹 쉬시오."
"대군도 편히 쉬시오."
이환은 객실로 들어섰다.
겉옷을 벗고 창문을 열어젖히니 눈이 내리고 있었다. 공기도 상당히 차가웠다.
'벌써 눈이 내리다니, 역시 북부는 북부군.'
잠시 내리는 눈을 바라보던 이환은 북쪽이 아닌 서쪽을 바라봤다.
여기서 서남쪽으로 쭉 내려가면 태자 이소가 가는 것으로 정해진 서부군단이 나온다.
'황후와 거래를 했다면 서남왕은 태자가 있을 서부군단으로 가장 강력한 전력을 보낼 가능성이 높을 것이다. 하지만 정작 더 우려되는 건, 황후나 이태지가 보낼 자객들인데…….'

이환은 이소를 걱정했다.

물론 나름대로 무림인들을 꾸려 호위를 맡기겠지만 전장은 언제 어떤 변수가 일어날지 모르는 곳이니 걱정이 될 수밖에 없었다.

'정이 든 건가? 아니면 녀석의 본능이 작용한 걸까.'

어쨌든 이소를 생각하니 마음이 무거웠다.

황도를 떠나 이곳으로 출발할 때도 이소를 만나지 못했다.

'어떻게든 버텨 내겠지.'

휘이잉!

바람에 휩쓸린 눈송이가 이환의 얼굴에 떨어졌다. 냉기와 함께 녹아드는 눈송이의 감촉이 이환의 상념을 깨트렸다.

그때 옆방의 창문이 열렸다.

덜컹!

조광이 머리를 내밀었다.

이환이 그를 응시하자, 조광이 그를 보며 물었다.

"두렵지 않소?"

"전쟁 말이오?"

조광이 묵묵히 고개를 끄덕였다. 이환은 흐릿하게 웃으며 말을 이었다.

"전쟁은 두렵지 않소. 다만 내가 아끼는 사람들이 다칠까, 그것이 두려울 뿐이오."

조광이 잠시 머뭇거리다가 입을 열었다.

"실력은 왜 감추고 있었던 것이오? 대군 정도의 능력이라면 진즉에 금군의 수장 이상의 지위를 보장받을 수도 있었을 것 같은데 말이오."

"밝힐 수 없는 사정이 있어서."

담담히 답을 한 이환이 물었다.

"조나라에도 허수아비 대군이라 소문났다고 들었는데, 태자도 나에 대한 소문을 들어봤소?"

"그것보다 더 심한 소문도 있었소."

피식.

이환은 실소를 머금었다.

하긴 차중경을 처음 잡았을 때, 대충 들어서 알고는 있었다.

"내가, 그리고 북부군단이 조나라의 무사들을 죽이는 광경을 보고도 참을 수 있겠소?"

"힘들겠지만 어쩌겠소? 참고자 노력할 수밖에."

이환은 진즉에 조광이 솔직한 사람이라는 걸 깨달았다. 그래서 조금씩 호감이 생기는 중이었다.

"혹시 모르니 틈틈이 머릿속으로 최악의 상황을 가정하고 대처하는 연습을 해 두도록 하시오. 조나라의 무림인들과 맞닥뜨렸을 때, 한순간 삐끗하면 목숨을 잃을 수도 있으니까."

"알겠소."

"그럼 아침에 봅시다."

탁!

이환은 창문을 닫고 침상에 몸을 던졌다.

잠시 후 조광도 창문을 닫았다.

탁!

다음 날 아침.

이환과 일행들은 두 장수의 안내를 받으며 북부군단으로 향했다.

밤새워 내린 눈이 제법 쌓였지만, 다행히 전마가 이동하는 데 방해가 될 정도는 아니었다.

맨 뒤에서 이동하는 송천무는 여느 곳과는 확연히 다른 북부의 풍경을 둘러보며 뛰는 가슴을 애써 진정시켰다.

'절대 폐가 되지 않을 것이다.'

그는 떠나오기 전날, 자신을 향한 걱정 때문에 한숨을 내쉬던 송천호와 이영을 떠올리며 나지막이 숨을 골랐다.

'염려 마십시오. 죽을힘을 다해 대군을 도와드릴 것입니다. 그리고 반드시 살아서 두 분 곁으로 돌아가겠습니다.'

휘이잉!

바람이 점점 강해졌다. 덩달아 눈발도 거세졌다. 그렇게 일각쯤 흐르니 시야가 하얗게 흐려질 정도로 폭설로 바뀌었다.

앞에서 이동하는 두 장수가 뒤를 돌아보며 외쳤다.

"곧 그칠 눈이니 걱정하지 마십시오!"

주태가 중얼거렸다.

"곧 그칠 눈발이 아닌데?"

장수가 씩 웃었다.

"반 시진 정도면 그칠 겁니다. 여기 날씨가 좀 그렇습니다."

장수의 말은 정확하게 맞아떨어졌다. 대략 반 시진 정도가 지난 뒤에 언제 그랬냐는 듯 눈이 그치고 해가 떠올랐다.

주태가 혀를 내둘렀다.

"무슨 사춘기 계집도 아니고."

쿡!

철무옥이 주태의 옆구리를 찔렀다.

[월주가 바로 네 뒤에 있다.]

[……!]

어쩐지 뒤통수가 새큰하다 싶었던 주태는 멋쩍게 웃었다.

이동 속도는 매우 느렸다.

보통 이런 환경에서는 말이 평소보다 빨리 지친다. 한번 지치면 회복에 시간이 걸리기 때문에 체력 관리에 신경을 써야 했다.

"잠시 휴식."

이환은 휴식을 지시하고 물을 꺼내어 마셨다.

조광과 파파가 그의 옆에 자리를 잡았다. 조광은 황도를 떠난 이후 줄곧 이환의 곁에서 움직였다.

이환은 파파를 응시했다.

[태자보다 더 긴장하면 어쩌자는 거지? 그를 지켜 줄 사람은 파파뿐이라는 걸 명심하고 몸과 정신을 항상 최고조로 유지해라.]

[새기겠습니다.]

파파가 전쟁이 두려워 긴장할 리는 없었다. 다만 언제 어디서 조광을 노리는 살수들이 달려들지 몰라 황도에서부터 여기까지 오는 동안 한시도 긴장의 끈을 놓지 못하고 있었다.

이환은 그걸 지적한 것이다.

파파는 가슴이 찡했다.

'감사합니다, 대군.'

한편 다른 이들은 말들이 풀을 뜯을 수 있게 숲에 쌓인 눈을 털어 내느라 여념이 없었다.

휘이잉!

파스스!

바람이 날린 눈가루가 마치 안개처럼 떠오르는 광경이 펼쳐졌다.

주태가 탄성을 발했다.

"멋지네. 여긴 또 이런 운치가 있어."

"천하를 다녀 놓고 이 정도에 감탄이라니."

"눈이라는 게 원래 그래. 매해 보는 거지만 볼 때마다 가슴이 뛰거든."

주태의 두 눈이 아련하게 젖어 가자 철무옥이 슬며시 미간을 찡그렸다.

"첫사랑이라도 생각났나 보군."

"그렇게 보였나?"

피식.

주태가 묘한 웃음을 짓고는 더 이상 말하지 않았다. 무슨 사연이 있음을 직감한 철무옥도 더는 묻지 않았다. 한편, 북부군단에서 온 두 장수는 한없이 담담한 이환의 옆모습을 응시하며 전음을 주고받았다.

[전혀 긴장한 기색이 아니신데?]

[남부군단을 이끌고 조나라의 대군을 물리치신 분이잖아. 이제 과거의 헛소문 따위는 잊어라.]

[직접 뵙는 건 처음이라서 실감이 나질 않아. 그나저나 총사께서 걱정이 크신 것 같더라. 혹시라도 대군께 불상사가 생기면 어쩌나 해서 말이다. 하여 대군께서 무림인들이라도 많이 대동하고 오시기를 바라시던데, 달랑 저 정도 인원이라니…….]

[일당백이라는 대군의 말씀을 믿어 봐야지.]

그때였다.

숲 뒤에서 검왕 일맥의 무사 한 명이 바람처럼 날아와 이환에게 보고했다.

"전방에 수상한 자들이 나타났습니다."

이환은 두 장수를 돌아보며 물었다.

"아군의 정찰병이 여기까지 내려오나?"

"아닙니다. 여긴 군단에서 남쪽이라 정찰하지 않습니다. 일단 소장들이 가서 확인해 보겠습니다."

두 장수가 벌떡 일어섰다.

이환은 주태와 철무옥에게 지시했다.

"같이 가 봐."

"예."

두 장수와 주태, 철무옥, 그리고 전방 상황을 알린 검왕 일맥의 무사가 이내 숲으로 뛰어들었다.

열 명이었다.

그들은 산기슭을 따라 서쪽에서 동북 방향으로 움직이고 있었다.

한 장수가 주태를 향해 말했다.

"아군은 절대 저 방향에서 이쪽으로 내려오지 않습니다. 아무래도 조나라 놈들인 것 같습니다."

"조나라 놈들이라면, 벌써 국경을 넘어와 정찰 활동을 개시했다는 거군."

"워낙에 산세가 험해서 소수가 움직이면 경계는 거의 불가능합니다. 하여 아군도 소수 단위로 적진을 정찰하고 있습니다."

묵묵히 고개를 끄덕인 주태가 철무옥을 돌아봤다.

"죽여야지?"

"그래야지."

철무옥이 일어서며 장수들에게 말했다.

"여기서 대기하시오."

"우리도 같이 가겠습니다."

"아니. 여기서 대기하다가 혹시라도 이쪽으로 도망쳐 오면 그때 마무리를 부탁하겠소."

"……알겠습니다. 조심하십시오."

"뭘 조심까지야. 너는 이분들과 함께 있도록 해."

"예."

파팟!

철무옥과 주태가 숲으로 뛰어들었다.

두 장수는 산기슭이 잘 보이는 앞으로 자리를 옮겼고, 검왕 일맥의 무사가 그들의 곁을 지켰다.

"저 두 사람으로 괜찮을까? 저놈들이 조나라의 무림인일 수도 있잖아."

"그러게."

한 장수가 검왕 일맥의 무사를 돌아봤다. 그러고는 이내 황당하단 표정을 지었다.

무사는 다른 곳을 쳐다보고 있었다. 그의 시선을 좇아보니 숲 한쪽에 토끼 두 마리가 뛰어놀고 있었다. 무사는 토끼를 보며 웃고 있었다.

'뭐야. 전혀 걱정하는 기색이 아니잖아?'

"시작한다."

한 장수의 목소리에 다른 장수와 검왕 일맥의 무사가 그의 곁으로 다가왔다.

주태와 철무옥이 막 공격을 시작하고 있었다.

휘이잉!

파스스…….

눈가루가 사납게 흩날리는 숲 너머에서 철무옥과 주태가 걸어왔다.

그들을 바라보는 두 장수의 얼굴은 경악과 경탄이 혼재되어 있었다.

그들은 처음부터 끝까지 지켜봤었다.

철무옥과 주태가 적의 정찰병으로 의심되는 자들을 죽이는 데까지 걸린 시간은 일각에 지나지 않았다. 그건 학살이자 도살이었다.

더 놀라운 건 한 명을 사로잡아 끌고 왔다는 점이었다.

"끌고 가."

"예!"

사로잡아 온 자를 검왕 일맥의 무사에게 건넨 철무옥이 두 장수를 향해 말했다.

"그만 돌아갑시다."

"두 분…… 괜찮습니까?"

"내 피가 아니니 걱정하지 마시오."

"……예!"

이환은 피를 철철 흘리며 고통에 신음하는 자를 무심히 바라봤다.

잘려 나간 팔꿈치에서 피가 꾸역꾸역 흘러내려 주변을 붉게 물들이고 있었다.

"주태."

"예."

"숲으로 끌고 가서 정보를 알아내도록 해. 순순히 대꾸하면 고통 없이 죽여 주고."

"알겠습니다."

주태가 사로잡은 자를 끌고 숲으로 들어갔다. 그리고 얼마 지나지 않아 혼자 걸어 나왔다.

"직급이 낮은 놈이라 딱히 건질 만한 게 없었습니다."

이환은 무심히 자리를 털고 일어섰다.

"이동한다."

5장

북부군단에 들다

곽충무를 비롯한 북부군단의 고위 장수들이 성문 앞에 모였다.

모두는 이환이 오기를 기다리는 중이었다.

휘이잉!

눈발이 거셌다.

눈송이가 내려앉은 곽충무의 백염이 더욱더 하얘졌다. 그러기를 얼마나 지났을까?

"저기 오십니다."

눈보라 너머로 이환 일행이 보이기 시작했다.

곽충무가 앞으로 나아갔고, 장수들이 그 뒤를 따랐다. 곽충무의 눈빛이 서서히 가늘어졌다.

'저 인원이 전부란 말인가?'

기껏해야 쉰 명쯤 될까?

아직 인원에 대한 보고를 받지 못한 그로서는 놀라울 따름이었다.

잠시 후 곽충무가 이환을 향해 머리를 숙였다.

"북부군단 총사 곽충무가 대군을 뵙습니다."

"충!"

장수들이 우렁차게 군례를 취했다.

이환은 곽충무를 직시했다.

그가 왜 북부의 호랑이라 불리는지 겉모습만으로도 한눈에 알 수 있었다.

"일전엔 고마웠소."

조나라와의 전투 때 이만에 달하는 지원군을 보내 준 일을 말함이었다.

"마땅히 해야 할 일을 했을 뿐입니다. 하면 소장이 모시겠습니다. 가시지요."

이환은 곽충무와 나란히 성문을 넘어갔다. 성문 너머에 집결해 있던 무사들의 군호가 산천을 쩌렁쩌렁 울렸다.

충!

"오시는 길에 별일은 없으셨는지요."

"무료했던 것 말고는 딱히 없었소."

곽충무는 내심 놀랐다.

'이렇게 차분할 수가 있다니.'

이환은 군영 곳곳을 둘러보았다. 기치창검(旗幟槍劍)을 한 무사들이 내뿜는 기세가 보통이 아니었다. 또한 적의 공격에 대비하여 세워 놓은 방벽과 주변에 놓여 있는 거대한 무기는 마치 철벽을 연상하게 했다.

"상주 병력이 십만이라 들었소."

"예, 그러하옵니다."

"위로는 오랑캐에, 서쪽으로 조나라군을 상대하려면 꽤 버거우셨겠소."

"단 한순간도 버겁다 생각한 적은 없습니다. 다만 폐하의 엄명으로 오랜 세월 동안 먼저 적을 치지 못한 것이 아쉬울 따름입니다."

곽충무는 명장이기 이전에 천하맹장(天下猛將)이라 불리고 있었다. 방금 이 대답에서 그의 성향이 여실히 드러났다.

'이런 자가 이황자 쪽에 붙지 않은 건 태자의 복이라고 봐야겠군.'

이환은 왠지 곽충무가 마음에 들었다.

하지만 마음을 열지는 않았다. 그러자면 조금 더 지켜볼 필요가 있었다.

잠시 후 이환은 견고하게 지어진 막사로 들어갔다. 밖에서 보는 것과는 달리 막사 안은 상당히 넓고 깨끗했으며 따뜻했다.

"누추하지만 이곳을 막사로 사용하시면 될 것입니다. 대동하신 병력은 뒤쪽에 따로 거처를 마련해 두었습니다."

"군영에서 가장 높은 곳은 어디요?"

"소장이 막사로 쓰는 곳입니다."

"여기 말고 그곳에 대충 머물 만한 곳을 만들어 주시오. 거창하게 할 거 없이 눈과 바람을 피할 정도면 충분하오."

"……!"

이환은 고미를 돌아봤다.

"여긴 월주와 대원들이 쓰도록 해. 누구보다 중요한 임무를 수행해야 하니 잠자리라도 편해야지."

"저희는 어느 곳이든 상관없습니다."

"할 일이 많을 거다. 하니 시키는 대로 해."

"……."

이환은 곽충무를 돌아봤다.

"장군의 막사로 갑시다. 일단 뭐가 어떻게 돌아가는지부터 들어야겠소."

곽충무의 막사.

그곳에서 이환은 대략적인 상황을 들었다. 마중을 나왔

던 두 장수로부터 들은 것과 크게 차이는 없었다.

"군영에 상주하는 무림인은 몇 명이나 되오?"

"이백여 명쯤 됩니다."

"내일 그들을 만나겠소. 작전에 나간 사람을 제외한 전원, 집결시키도록 하시오."

"알겠습니다."

이환은 고미를 돌아보며 장수들에게 소개했다.

"앞으로 이 사람이 정보와 관련한 일을 돕게 될 거요. 신분은 밝힐 수 없으나 품계는 낮지 않으니 함부로 대하는 일은 없도록 하시오."

한 장수가 말했다.

"군단의 정보는 따로 총괄하는 부서가 있습니다, 대군."

"내가 방금 도울 거라고 한 것 같은데?"

"……."

장수가 뒤늦게 실수를 깨닫고는 황급히 머리를 숙였다.

"소장이 잘못 이해한 것 같습니다. 죄송합니다, 대군."

"나는 정치 싸움에 밀려 쫓겨 온 것이 아니라 여러분과 함께 싸우러 왔소. 또한 대군이라 하여 기존의 지휘 체계를 바꿀 생각은 추호도 없소. 단, 총사에게 전달되는 모든 정보는 공유할 생각이오."

"……!"

좌중이 술렁거렸다.

하지만 곽충무는 담담했다.

"대군께서 원하시면 그렇게 하십시오."

"고맙소, 총사. 하면 오늘은 이만 쉬어야겠소."

당장 이환이 머물 막사가 없어서 난감했던 곽충무는 일단 한 장수의 막사를 비우라 지시했다.

철무옥과 주태가 이환과 함께했고, 다른 이들은 비월의 막사를 사용하기로 했다. 조광과 파파도 마찬가지였다.

당초 이백여 명을 예상하고 준비한 막사여서 공간은 모두가 다 사용하고도 남을 정도였다.

휘이잉!

눈보라가 점점 거세졌다.

곽충무는 부장과 함께 서쪽 전선으로 향했다.

부장이 먼저 조심스럽게 입을 열었다.

"대군께서 의욕이 지나치신 거 같던데, 괜찮겠습니까? 아무리 의식을 하지 말라 하셨지만, 장수들 처지에서 그럴 수는 없지 않겠습니까? 이러다가 지휘 체계에 문제라도 발생하면……."

"걱정할 것 없다. 대군은 절대 그럴 분이 아니시니 괜히 이상한 생각은 하지도 말거라."

"……."

곽충무는 성큼 앞서 나갔다.

놀랍게도 눈 위를 걸어갔지만, 발자국은 전혀 남지 않았다.

부장도 마찬가지였다.

그들은 황궁무학의 정수를 제대로 익힌 고수들이었다. 잠시 후 곽충무는 경계 병력이 있는 곳에 이르러 상황을 보고받았다.

“조나라군이 무림인들을 이용해 정찰에 나선 것 같습니다. 조금 전에도 몇 명이 코앞까지 왔다가 돌아갔습니다.”

“우리가 수집한 정보는?”

“이틀 전을 마지막으로 더 이상 합류하는 병력은 없었습니다.”

“다행이군.”

곽충무는 서쪽을 바라봤다.

눈보라가 휘몰아치는 너머에 광활한 산악 지대가 펼쳐져 있었다.

“최후통첩일이 며칠 남지 않았다. 그 전에 먼저 움직일 수도 있으니, 한시도 경계심을 늦춰서는 안 될 것이다.”

“예! 총사!”

그때였다.

파스스!

전방에서 눈가루가 치솟았다. 그리고 그 너머에서 모습을 드러내는 자들이 있었다.

정찰에 나섰던 북부군단 소속의 무림인들이었다. 그들

이 곽충무의 앞으로 다가오며 머리를 숙였다.

"다녀왔습니다."

"뭐라도 좀 건졌는가?"

"조금 전에 오만 정도 되는 병력이 남쪽으로 빠져나가는 것을 보았습니다. 작전이 아니라 아예 군영을 떠나는 것처럼 보였습니다."

"틀림없나?"

"예. 각각 보급품을 잔뜩 짊어진 걸 똑똑히 확인했습니다."

단순한 작전에 나가면서 보급품을 잔뜩 짊어지고 가지는 않는다.

부장이 말하고 나섰다.

"이상합니다. 우리를 코앞에 두고 오만이나 되는 병력을 왜 서쪽으로 보냈을까요? 최후통첩일이 며칠 남지도 않은 상황에서 말입니다."

"태자 전하가 계신 서부군단이 목적지라면……."

말끝을 흐리는 곽충무의 얼굴이 돌덩이처럼 딱딱하게 굳어졌다. 그가 이내 지시를 내렸다.

"속히 돌아가서 서부, 남부, 중앙군에 이 사실을 알리도록 하라."

"예! 총사!"

부장이 지시를 내리자 무사 두 명이 눈보라 속으로 뛰어들었다.

곽충무는 여전히 서쪽을 바라봤다.

그런 그의 두 눈이 태자 이소를 향한 걱정으로 무겁게 굳어 갔다.

'부디 무탈하셔야 할 터인데…….'

조나라군 오만이 서쪽으로 떠났다는 사실이 이환에게 전해졌다.

'보나 마나 태자가 있는 곳으로 갔겠지.'

이환은 보고하러 온 장수에게 물었다.

"다른 군단에는 알렸소?"

"예. 남부, 서부, 중앙군에 바로 전서를 보냈습니다."

"총사는 어디 계시오?"

"전방 초소에 가 계십니다."

"돌아오면 내가 좀 보잔다고 전하시오."

"알겠습니다."

장수가 물러가고 이환은 의자에 깊숙이 몸을 실으며 눈빛을 가라앉혔다.

그가 깊은 생각에 잠긴 듯하자, 철무옥과 주태는 조용히 막사 밖으로 나섰다.

휘이잉!

강한 눈보라 때문에 눈조차 제대로 뜰 수가 없었다.

"태자 전하와 함께하는 무림인들의 수준이 높아야 할 텐데 말이다."

"당연히 고수들이 많겠지. 당장 관 장군만 하더라도 상당한 고수인 거 같던데."

"황궁무학으로는 한계가 있지 않을까?"

"무슨 소리. 무림의 역사에서 황궁 출신의 절대 고수들은 수도 없이 많았다. 당대라고 그런 고수가 없으란 법은 없지 않겠냐."

"그렇긴 하지만 자꾸 신경이 쓰이네?"

슬며시 인상을 찡그린 주태가 이환이 있는 막사를 힐끗 쳐다봤다.

"묘책을 찾아내시겠지?"

"한 번도 우릴 실망하게 한 적이 없는 분이니 이번에도 기대해 봐야지."

휘이잉!

남부군단.

삼황자 이성지는 이환이 머물던 전각을 거처로 삼았다.

그가 사부라 부르던 노인과 비범한 기도를 뿌리는 몇 명이 그와 함께 머물렀고, 금의위가 사용했던 맞은편 막사에 소림의 무승을 비롯한 백 명 정도의 무림인들이 더 있었다.

노인은 그 정도에도 안심하지 못했는지, 전각 주변에 막사를 세우고 그 안에 무림인들을 머물게 했다.

최악의 경우 적의 자객이 들어왔을 때, 최대한 많은 인원이 동시에 대처하기 위함이었다.

반면 그곳에 머물렀던 송회와 차중경은 사령실 근처의 막사로 거처를 옮겼다.

차중경의 표정이 사뭇 심각했다.

송회가 물었다.

"아까부터 표정이 어째 그 모양이냐?"

"생각 중입니다."

"뭘?"

"여기 남아 있어야 할지, 아니면 대군께서 계신 북부군단으로 가야 할지…… 간다면 허락하시겠습니까?"

송회는 잠시 말문을 닫고 차중경을 빤히 쳐다봤다. 그러다가 흐릿하게 웃었다.

"결심이 섰다면 그렇게 하거라."

"정말입니까?"

"대군이 그렇게 좋으냐?"

"절 처음으로 사람대접해 주신 분이니까요. 그것도 당신을 해치려 했던 저를요. 하면 저 정말 갑니다?"

송회가 벌떡 일어나 벽에 걸어 두었던 털옷을 내렸다. 짐승의 가죽을 두 겹으로 덧대어서 만든 옷이라 방한(防寒)에는 그만이었다.

"이걸 입고 가거라."

"괜찮습니다. 이 정도 추위쯤은 얼마든지 견딜 수 있습니다."

"며칠 전부터 춥다고 노래를 부르던 놈이 괜찮기는. 마음 바뀌기 전에 얼른 받아."

"……고맙습니다."

"며칠 올라가야 하니 건량과 술도 넉넉히 챙기도록 하고."

"대군께 전하실 말씀은 없습니까?"

"혹시라도 걱정하시거든 나는 잘 지내고 있으니 염려 마시라고 전해 드려라."

"알겠습니다."

차중경이 일어섰다.

"벌써 가려고?"

"마음먹은 김에 바로 떠나려고요. 그럼 짐 좀 챙기겠습니다."

송회는 밖으로 나가는 차중경의 뒷모습을 응시하며 흐릿하게 웃었다. 함께하면서 툭하면 구박하기 일쑤였는데, 막상 헤어진다고 하니 섭섭함이 진하게 밀려들었다.

'용호군만 아니면 나도 같이 가면 좋을 것을…….'

잠시 후 차중경이 막사를 나섰다.

송회는 막사 밖까지 나가 그를 배웅했다.

"전투가 시작되면 괜히 나대지 말고 조심해야 한다!"

"부장님도 조심하십시오!"

송회는 차중경의 모습이 시야에서 완전히 사라질 때까지 자리를 지켰다.

그렇게 시야에서 사라졌다 싶었는데 다시 모습을 드러내는 차중경이었다.

"부장님!"

"왜!"

"고맙습니다!"

씨익.

"싱거운 녀석 같으니."

차중경이 다시 사라졌다.

그 뒤로도 송회는 한참을 그 자리에서 떠나지 못했다.

휘이잉!

황후의 거처 만화궁.

한 장수의 보고를 받는 황후의 얼굴에 은은한 노기가 내려앉았다.

"조광을 찾을 수가 없다니, 대체 그게 무슨 말이냐!"

"금군부에 들러 물어봤는데, 대군께서 직접 비밀 거처로 조나라 태자를 옮겼다는 대답만 들었습니다."

"하면 금군부의 누구도 그곳이 어딘지 모른단 말이냐!"

"예. 오직 대군만이 아는 장소라고 했습니다."

황후가 입술을 지그시 깨물었다. 그때 그녀가 짚고 있는 의자의 손잡이에서 연기가 피어올랐다.

그때 벽안의 여인이 조용히 말하고 나섰다.

"허락하시면 제가 찾아보겠습니다."

"그놈만 알고 있다는 장소를 네가 무슨 수로 찾아낸단 말이냐?"

"맡겨 주시지요."

황후가 잠시 입을 닫았다. 하지만 곧 눈빛을 발하며 입을 열었다.

"금군부와의 충돌은 불허한다. 그 외에는 모든 것을 허락하니 조나라 태자를 찾아서 내 앞에 데려오너라!"

"알겠습니다."

벽안의 여인이 대전을 빠져나갔다.

황후는 장수에게 물었다.

"둘째와 셋째의 호위 병력은 충분하더냐?"

"염려 마십시오. 두 분 저하 모두 고수들을 넉넉하게 추려서 떠나시는 걸 직접 확인하였습니다."

"그래도 혹시 모르니 그 아이들이 있는 전선의 사정을 수시로 파악하여 보고토록 하거라."

"예! 마마!"

장수가 물러가고 황후는 다 식은 차를 입으로 가져가며 미간을 좁혔다.

'조광을 숨기다니. 설마 놈이 나의 의도를 간파하고 있었단 말인가?'

며칠 후 벽안의 여인이 돌아왔다.

황후는 기대감 어린 눈으로 그녀를 응시했다.

"찾아내었느냐?"

"송구하오나 사황자와 가깝던 장수들도 조광의 행적을 전혀 모르고 있었습니다. 목격자도 찾지 못했습니다."

"뭐라!"

"하지만 하나 남은 곳이 있습니다."

"그곳이 어디냐!"

벽안의 여인이 조용히 대답했다.

"사황자가 조광을 데려간 것일 수도 있지 않을까요? 하여 허락하신다면 제가 직접 북부군단으로 가 볼까 합니다만."

"어리석은. 조광을 북부군단으로 데려갈 순 없다. 곧 있으면 전쟁이 터질 텐데 그 위험한 곳으로 놈을 왜 데려간단 말이냐!"

"모두가 마마와 같은 생각일 것입니다. 사황자는 어쩌면 그것을 역으로 뒤집었을 수도 있겠지요."

"……!"

황후의 눈빛이 변했다.

여인이 조용히 물었다.

"만약 그곳에 조광이 있다면 어찌할까요?"

황후는 일고의 고민도 없이 싸늘히 대답했다.

"네 말처럼 조광이 그곳에 있다면 당연히 죽여야지. 어차피 조나라 서남왕도 그것을 더 원할 테니까."

"하면 허락해 주십시오."

"가거라! 가서 조광을 찾아내어 놈의 목을 베어라! 그리고……."

말끝을 흐리는 황후의 두 눈에 은은한 살광이 맺혀 갔다. 그런 황후의 머릿속에, 자신을 쳐다보며 비웃음을 날리던 이환의 모습이 떠오르며 살광이 더욱 짙어졌다.

"그놈까지 처치하면 더 좋겠지."

"알겠습니다."

휘이잉!

폭설은 최후통첩일까지 이어졌다.

이환은 하얗게 성에가 내려앉은 창을 통해 밖을 내다보며 담담히 중얼거렸다.

"이 정도 폭설이면 최소 며칠은 전쟁 걱정을 하지 않아도 되겠군."

"그렇습니다. 당장 폭설이 오늘 그친다 해도 눈이 녹으려면 최소 열흘은 더 걸릴 겁니다."

철무옥의 그 말에 이환은 손에 들고 있던 찻잔을 입으로 가져갔다.

수증기가 이환의 시야를 하얗게 가렸다.

"전면전은 힘들겠으나 무림인들을 이용한 기습은 충분히 가능할 터. 최고 수준에 오른 살수라면 저 눈이 오히려 도움이 될 수도 있을 것이다."

이환의 그 말에 철무옥이 고개를 끄덕이며 수긍했다.

최고 수준에 오른 살수들에게 이런 폭설쯤은 아무런 방해조차 되지 않는다. 오히려 위장과 은신이 용이해서 기습에 도움이 될 터였다.
주태가 물었다.
“우리가 먼저 움직이는 건 어떻겠습니까?”
이환은 고개를 저었다.
“기다려. 먼저 움직이면 후에 말이 나올 수도 있다.”
“선전포고를 한 쪽은 조나라이지 않습니까? 굳이 명분을 따질 필요가 있습니까?”
“황후에게 빌미를 주지 말자는 얘기다.”
“…….”
“뭐라도 하나 꼬투리를 쥐여 주면 그것을 이용해 무슨 짓을 할지 모를 여자다. 하니 몸이 근질근질해도 참아.”
“미처 그 생각은 하지 못했습니다.”
주태가 머리를 긁적였다.
그때 밖에서 송천무의 목소리가 흘러들었다.
“대군, 월주께서 오셨습니다.”
“들어와.”
덜컹!
문을 열고 고미가 들어섰다.
폭설이 얼마나 거세면 그 짧은 거리에도 고미의 머리에 눈이 수북하게 쌓여 있었다.
이환은 고미의 얼굴을 보며 슬며시 미간을 좁혔다.
“안색을 보니 막사에서 오는 길이 아닌 모양이군. 혹시

간밤에 적진에 다녀왔나?"

"예. 지금 돌아오는 길입니다."

고미는 머리에 쌓인 눈을 털어 내고 자리에 앉았다. 주태가 재빨리 차를 준비했다.

"폭설 때문인지 적이 병력을 움직일 생각이 없어 보였습니다. 그리고 병력 일부가 며칠 전에 남쪽으로 내려간 것을 확인했습니다."

"오만 말고 더 빠져나간 병력이 있단 말이냐?"

"예. 한 놈을 잡아서 족쳤는데, 이만 정도가 더 빠져나갔다고 했습니다. 다만 목적지는 놈도 모르고 있었습니다."

"흠."

딸그락.

이환은 찻잔을 내려놓으며 눈빛을 가라앉혔다.

"하면 여기는 양측의 전력이 거의 비슷하다는 것인데……."

"수적으로만 본다면 그렇습니다."

철무옥이 무거운 어조로 물었다.

"그 이만 병력도 태자 전하께서 계신 서부전선으로 내려갔을 가능성이 높다고 봐야겠습니다."

"그렇다고 봐야지."

이환은 철무옥에게 지시했다.

"총사에게 가서 중앙군에서 서부전선으로 지원 병력을

보냈는지 확인해 봐.”

“알겠습니다.”

철무옥이 곧장 밖으로 나갔다.

이환은 놓았던 찻잔을 다시 입으로 가져갔다.

딸그락!

주태가 물었다.

“중앙군은 황후와 이황자 쪽이 장악했는데, 서부전선으로 지원 병력을 보내 주지 않을 가능성이 더 높지 않을까요?”

“거의 그렇게 될 거라고 봐야겠지. 황후가 미리 명령을 내려놓았을 수도 있고.”

“하면 다른 방법을 찾아야 하지 않겠습니까?”

“현재로써는 달리 방법이 없다. 눈 때문에 다른 군단에서 지원 병력을 보내는 자체가 불가능해졌다. 그에 반해, 적은 이미 눈이 쌓이기 전에 병력을 서부전선으로 집결시켰다. 현재로서는 물리적으로 어떻게 할 방법이 완벽하게 사라진 셈이지.”

말하는 이환도, 듣는 사람들도 낯빛이 한없이 무겁게 가라앉았다. 특히 고미는 더했다.

주태가 말을 이었다.

“나중에 이황자가 가 있는 중앙군에서 눈을 핑계 삼을 수도 있겠군요. 눈 때문에 지원을 하지 못했다고 말입니다.”

“그래, 바로 그거다.”

이환은 자리를 떨치고 일어섰다.

그리고 창문을 열어젖혔다.

휘이잉!

눈보라가 사납게 들이쳤다.

'만약 조나라 서남왕이 날씨까지 염두에 두고 펼친 작전이라면, 우리는 알고도 당할 수밖에 없는 처지가 된 것이다.'

이환은 서쪽을 바라봤다.

폭설 때문에 그 광활했던 산악 지대가 순백의 세상으로 바뀌어 있었다. 이소를 구하려면 저곳을 지나가야 하지만 그조차도 시도할 수 없다는 게 이환의 마음을 무겁게 만들어 놓았다.

그리고 하나 더.

'이 상황에서 병력을 빼면 북부군단이 위험해진다. 적은 틀림없이 그것까지도 계산에 넣고 있을 것이다.'

알면서도 어떻게 할 방법이 없다는 생각에 분노가 치밀었다.

쩌저적!

이환의 몸에서 일어난 한기에 창문이 얼어붙더니, 뒤이어 거미줄처럼 금이 나 버렸다.

'적어도 지금까지는 우리가 완벽하게 당하고 있다. 어쩌면 조광은 처음부터 감당할 수 없는 자를 상대로 권력 다툼을 한 것일 수도…….'

이 상황을 경험한 적은 없었다. 모든 것이 자
대로 흘러갔고, 완벽한 결과를 만들어 냈다.
지금은 어떻게 손을 쓸 도리조차 없는 상황이었다.
찾아야 한다. 어떻게든.'

서부군단.

태자 이소는 막사에서 관지백과 찻잔을 기울였다. 절대 느긋할 수 없는 상황이지만 그는 애써 태연한 척을 할 수밖에 없었다.

총사를 비롯한 주요 장수들이 황후를 하늘처럼 따르는 자들이니 아군의 군영임에도 적진 한복판에 와 있다는 각오로 임해야 했다.

이미 그러한 조짐은 첫날부터 있었다.

서부군단의 총사는 이소에게 최소한의 정보만 내어 줄 뿐, 정작 중요한 건 지금껏 보고하지 않고 있었다. 이소가 직접 요구했지만 소용없었다.

'훗날 반드시 대가를 치르게 될 것이다.'

이소가 치미는 분노를 애써 삭여 갈 때, 관지백이 무겁게 말했다.

"폭설 때문에 한동안은 적이 움직이지 못할 것 같습니다."

"그럴 테지."

이소는 화를 억누르며 찻잔을 기울였다.

딸그락.

"우리 측 무사 몇 명이 정찰에 나섰으니 조금만 기다려 보시지요. 곧 적의 동향을 파악해서 보고드릴 것입니다."

"지금 우리가 걱정해야 할 것은 적이 아니라 이곳에 있는 자들이다. 아군이지만 오히려 적군보다 위험한 자들이 아니냐."

"너무 걱정하지 마십시오. 그자들이 아무리 황후마마의 후광을 등에 업었다지만, 십만에 달하는 무사들의 눈이 무서워서라도 함부로 나서지는 못할 것입니다."

"그렇기를 바랄 수밖에. 그나저나 북부군단에서는 답신이 왔느냐?"

"아직 오지 않았습니다. 어쩌면 폭설 때문에 전서구가 도착하지 못했을 수도 있습니다."

"그래, 그럴 수도 있겠구나."

이소는 찻잔을 내려놓고 창가로 걸어가 창문을 열어젖혔다.

휘이잉!

창밖으로 순백의 색을 입은 세상이 장엄하게 펼쳐졌다. 하지만 이소에게는 벗어날 수 없는 감옥처럼 다가왔다.

"황후마마가 이 패를 꺼낼 거라고는 전혀 예상하지 못했는데……."

관지백은 고개를 떨궜다.

이소의 두 눈이 냉기를 머금어 갔다.

"정녕 조나라 서남왕과의 거래에 의한 전쟁이라면, 또한 무사들의 희생마저 수단으로 삼아 나를 쫓아내고 황좌를 차지하기 위해 벌인 전쟁이라면 절대 용서하지 않을 것이다."

꽈악.

치아가 파고든 입술이 파랗게 질려 갔다.

그때였다.

"전하, 정찰을 다녀왔습니다."

밖에서 목소리가 흘러들었다. 관지백이 벌떡 일어나 문을 열었다.

무사 두 명이 들어서며 이소를 향해 머리를 조아렸고, 이소가 그들을 돌아보며 물었다.

"뭘 좀 알아내었느냐?"

"적 본영의 막사를 살펴보았는데, 적의 병력이 정보보다 십만은 더 많아진 것 같았습니다. 전마의 수도 최소 오만은 되어 보였습니다."

"뭐라?"

이소의 표정이 변했다.

여기 와서 보고받은 바에 의하면 서부군단과 대치하고 있는 조나라군의 병력은 십오만 정도였다. 십만이 더 늘었다면 아군의 두 배를 훌쩍 뛰어넘는 숫자였다.

거기에 대규모 전투에서 가장 강력한 위력을 발휘하는 기병이 오만에 달한다니.

"서남왕이 나를 잡기 위해 단단히 준비했구나."

관지백은 아무 말도 할 수 없었다. 무슨 말을 한들 위로가 되지 못할 터였다.

그때였다.

"전하! 장수 용현이라는 자가 찾아왔습니다."

"들여라."

한 장수가 들어섰다.

삼십 대 초반쯤 될까? 고대 촉한의 맹장 장비를 떠올리게 하는 위풍당당한 분위기를 한껏 풍기는 인물이었다.

그가 이소를 향해 머리를 조아리고는 바로 입을 열었다.

"조나라 군영에 거의 십만에 달하는 지원 병력이 보강되었다는 첩보를 입수하였습니다. 전하께서도 알고 계셔야 할 것 같아 알려 드리고자 달려오는 길입니다."

"총사가 지시한 것인가?"

"아닙니다."

"그대가 내게 이러는 걸 알면 총사가 달가워하지 않을 텐데?"

"그런 건 상관하지 않습니다. 소장은 오직 폐하와 전하를 위해 싸우는 대연의 군인으로서의 본분을 다할 뿐입니다."

이소의 입가에 옅은 미소가 걸렸다.

처음이었다. 이곳에 온 이후로 고위급 장수가 자신에게 충성심을 드러낸 것은.

"그대의 충심, 절대 잊지 않을 것이다. 하면 이만 돌아가거라. 진정 나를 위한다면 그대의 충심을 들키지 않아야 하느니라."

"예, 전하."

장수가 물러갔다.

관지백이 조금은 흥분한 표정으로 말했다.

"바로 저런 장수들이 있어서 총사도 함부로 행동하지 못하는 것입니다. 소장이 차차 더 많은 장수들을 모아 보도록 하겠습니다."

묵묵히 고개를 끄덕인 이소가 외투를 걸쳤다.

"시장하구나. 식사나 하러 가자꾸나."

"밖에서 하시겠습니까?"

"오늘은 무사들과 함께하고 싶구나."

"모시겠습니다."

막사를 나선 이소는 곧장 군영의 서쪽으로 향했다. 쌓인 눈 때문에 어지간한 사람은 제대로 걸을 수조차 없었지만 이소의 걸음은 거침이 없었다.

그가 나서자 열 명가량의 백포인들이 유령처럼 모습을 드러내었다.

이소와 함께 서부군단으로 온 무림인들이었다. 그들은 모습을 드러내기가 무섭게 이소의 주변을 철통처럼 에워쌌다.

휘이잉!

눈송이가 순식간에 이소의 머리를 하얗게 덮었다. 이소는 빠르지도 느리지도 않은 걸음걸이로 군영의 서쪽을 향했다.

오가던 무사들이 그를 향해 머리를 숙였고, 그중에는 첩보를 전달한 장수도 있었다.

잠시 후 이소는 연기가 무럭무럭 피어오르는 한 건물 앞에서 걸음을 멈췄다. 이소가 머무는 막사 주변의 무사들에게 제공할 밥을 짓는 곳이었다.

군영이 워낙 넓은 까닭에 이런 장소가 수십 곳이 넘었다.

이소는 안으로 들어갔다.

"충!"

밥을 짓던 무사들이 일제히 부동자세를 취하며 군례를 올렸다. 아직 배급할 시간이 되지 않은 까닭에 실내는 텅텅 비어 있었다.

"식사 좀 할 수 있을까?"

"전하, 어찌 이 누추한 곳에서……."

"아니다. 오늘부터 모든 식사는 이곳에서 할 것이니 따로 막사로 가져오지 말거라. 이건 태자로서 내리는 명이니 따르라."

"예! 전하!"

이소는 구석진 곳에 자리를 잡았다.

관지백이 그와 한 탁자에 앉았고, 무림인들은 이소가 등진 벽을 제외한 삼면에 자리 잡았다.

잠시 후 무사들이 식사를 들고 왔다.

"무사들이 먹는 것과 똑같이 가져오너라."

"……."

이소는 상에 올려져 있던 닭과 고기 요리를 직접 접시에 옮겼다. 먼저 나와 있던 무사들이 어쩔 줄 몰라 하며 닭과 고기 요리를 들고 돌아갔다.

잠시 후 더 많은 무사가 들어오기 시작했다.

시끌벅적하게 들어서던 무사들이 이소를 발견하고는 황급히 군례를 올렸다.

충!

군례가 끊이지 않자 이소의 표정이 슬며시 변했다. 그는 비로소 깨달았다.

'내가 이곳에서 식사하면 저들이 불편하다는 걸 간과했구나.'

그는 씁쓸히 웃으며 관지백을 향해 말했다.

"생각이 짧았다. 내일부터는 그냥 막사에서 하는 게 좋겠구나."

북부군단 군영.

땡땡땡!

식사 시간을 알리는 종소리가 요란하게 울렸다. 이환은 막사에서 측근들과 식사했다.

음식이 군영치고는 과하다 싶을 정도였지만 이환은 아랑곳하지 않았다.

고미가 조심스럽게 말했다.

"식사만이라도 무사들과 함께하는 모습을 보여 주는 것도 나쁘지 않을 것 같습니다."

"보여 주기 같은 건 질색이다."

"그럴 때도 필요하지 않겠습니까? 하물며 곧 전쟁이 시작될 지금이라면 사기 진작을 위해서라도……."

이환이 젓가락을 내려놓고 술잔에 술을 따르며 말했다.

쪼르륵.

"애들 체하게 할 일 있나?"

"……."

"내가 가면 무사들이 제대로 밥이나 먹을 수 있을까? 오히려 밥이라도 편하게 먹게 해 주는 게 무사들을 위하는 길이다. 그리고 사기 진작은 총사가 해야 할 일이고."

고미의 표정이 변했다. 뒤이어 뭔가를 깨닫고는 머리를

숙였다.

"제가 생각이 짧았습니다."

"죄송할 건 없어. 솔직히 시끌벅적한 곳에서 밥 먹는 건 질색이라서."

고미는 알고 있었다. 뒷말은 이환이 무안해할 자신을 위해 일부러 했다는 것을.

'난 아직 멀었구나.'

고미가 젓가락을 잡으려 할 때였다.

무사 한 명이 들어섰다.

"대군, 누가 찾아왔습니다."

"나를?"

"예."

"대군!"

무사의 뒤에서 누군가 막사로 뛰어들었다. 송천무가 가장 먼저 일어섰다.

"어?"

들어선 이는 차중경이었다.

이환도 적잖이 놀랐다.

"네가 여긴 어쩐 일이지?"

"대군을 모시려고 한걸음에 달려오는 길입니다!"

"부장이 허락했나?"

"예! 이 털옷까지 주셨습니다!"

철무옥과 주태가 웃었다. 차중경의 얼굴이 한기에 얼어 발갛게 달아올라 있었는데, 동그랗게 치뜬 두 눈과 어우러져 아주 우스꽝스러웠기 때문이다.

"밥 좀 주십시오! 오다가 눈밭에 건량을 떨어뜨리는 바람에 사흘째 아무것도 못 먹었습니다!"

"……."

"올라오다가 이상한 놈들을 봤습니다."

"이상한 놈들?"

"정확하게 말하자면 이상한 여인들이었습니다."

차중경이 올라오다가 우연히 보게 된 자들에 대한 설명을 이어 갔다.

대수롭지 않게 여기던 이환이 눈빛이 바뀐 건 마지막 대목에서였다.

"엄청난 미녀가 무리를 이끄는 것 같았는데, 특이하게도 벽안이었습니다. 가슴도 그냥 엄청나게 풍만한 것이……."

차중경이 손으로 가슴을 부풀리는 시늉을 하다가 머리를 긁적였다. 고미의 존재를 뒤늦게 인지한 것이다.

"틀림없는 벽안이었나?"

"예. 틀림없습니다."

이환은 황후의 만화궁에서 보았던 여인을 떠올렸다. 그녀도 벽안에, 중원의 여인에게서는 좀처럼 보기 힘든 풍만한 가슴을 지니고 있었다.

"혹시 입술 옆에 점이 있었나?"

"거리가 있어서 그것까지는 보지 못했습니다."

철무옥이 물었다.

"혹시 아는 여자입니까?"

"만화궁에서 비슷한 여자를 봤다. 벽안에 풍만한 가슴, 그리고 입술 옆에 점이 하나 있었지."

"어쩌면 그 여자일 수도 있겠군요."

이환은 묵묵히 고개를 끄덕이며 의자에 몸을 기댔다.

"황후가 보냈다면 무슨 목적일까? 물론 가장 먼저 생각할 수 있는 건 나를 죽이기 위함일 테고……."

"그냥 잡아서 족치면 되지 않겠습니까?"

"내가 아니라 조광이 목적일 수도 있으니, 그에게 호위를 두 명 정도 붙여 두도록 해."

"알겠습니다."

"잠깐! 조나라 태자가 여기 있습니까?"

차중경이 눈이 동그래져서 물었다.

"어쩌다 보니 그렇게 되었다. 한데 그 표정은 뭐지?"

"껄끄럽지 않습니까. 혹시 인피면구 남는 거 없습니까? 당연히 제가 누군지 모르겠지만 그래도 좀 찝찝해서 말입니다."

"월주한테 하나 달라고 해."

"옙."

이환이 다른 걸 물었다.

"부장과 용호군은 별일 없나?"

"예. 대군께서 떠나시고 난 뒤부터 아주 죽을 듯이 수련하고 훈련하고, 덕분에 저까지 죽을 맛이었습니다."

이환은 부장 송회를 떠올렸다.

그만 생각하면 미안한 마음이 앞섰다.

"삼황자는 무림인을 얼마나 데려왔지?"

"백 명쯤 되는 거 같았습니다."

"예상보다 적게 데려왔군. 뭐, 고수가 많으면 오히려 소수가 편하긴 하지."

탁!

이환은 자리를 떨치고 일어섰다.

"어쨌든 잘 왔다. 거처는 비월이 사용하는 막사를 쓰도록 해."

"옙!"

이환은 곽충무, 철무옥과 함께 망루에 올랐다.

위험하다 싶을 정도로 높게 세워진 망루에 오르면 산악 지대의 끝까지 한눈에 볼 수 있었다.

조나라 군영은 바로 저 산악 지대의 끝에 자리하고 있었다.

곽충무가 말했다.

"눈 때문인지 적이 이상하다 할 만한 움직임은 아직 보이지 않고 있습니다."

"적이 병력을 두 번에 걸쳐 남쪽으로 보내는 바람에 현재 양측의 전력은 엇비슷한 상황이오. 해서 어쩌면 적은 눈이 녹아도 공격에 나서지 않을 수도 있을 거요."

"장수들 사이에도 그러한 의견이 있었습니다."

"만약 다른 곳에서부터 본격적인 전쟁이 시작되고, 적이 움직이지 않는다면 총사는 어떡할 생각이오?"

"서부군단이든 남부군단이든 먼저 적의 공격을 받으면 당연히 치고 내려가야 하지 않겠습니까? 우리마저 움직이지 않는다면 적은 마음 놓고 다른 전선을 지원할 수도 있을 테니까요."

이환이 바라던 대답이었다.

다행이었다. 곽충무가 자신과 같은 생각을 하고 있어서.

"대군께서는 어찌하시겠습니까?"

"비슷하오."

"비슷하다는 것은……."

서쪽에 시선을 던졌던 이환이 곽충무를 돌아보며 조금은 단호한 어조로 말을 이었다.

"적의 일차 목표는 태자가 있는 서부군단이오. 만에 하나 서부군단이 위기에 몰리면 최소한의 병력이라도 지원에 나설 준비는 미리 해 둬야 할 거요."

"병력과 물자 지원은 중앙군이 맡고 있지 않습니까? 그러라고 중앙군에 가장 많은 병력과 물자를 배치해 두었습니다만."

"거기에 누가 가 있는지 총사도 알지 않소?"

"대군께서는 이황자가 태자 전하를 지원하지 않을 것이라 보십니까?"

"황후의 뜻이 그럴 거요."

곽충무는 믿을 수 없다는 표정을 지었다.

"아무리 정쟁 중이라고는 하나 적국과의 전쟁에서 그렇게까지 한다는 것은 지나친 억측인 것 같습니다. 만약 그리하여 태자 전하의 신변에 문제가 생긴다면 백성들이 절대 용서하지 않을 것입니다."

"그럴 사람이면 태자를 전선에 보내지도 않았을 거요. 그리고 황후는 민심 따윈 언제든 바꿀 수 있다고 생각하는 사람이오."

"……!"

곽충무는 놀란 표정을 감추지 못했다.

"지금 내가 한 말, 잊지 말고 기억해 두도록 하시오. 그럼 먼저 내려가 보겠소."

이환과 철무옥이 먼저 망루를 떠났다.

곽충무는 헛웃음을 지었다.

"허어……."

"총사, 정말 중앙군이 서부군단을 지원하지 않을 거라 보십니까?"

"대군께서 너무 과하게 보신 게지. 아무리 그래도 그럴 리가 있겠느냐. 무사들이 두 눈 시퍼렇게 뜨고 있는데 말이다."

"정말 그럴 수도 있지 않겠습니까? 대군의 말씀처럼 태자 전하를 보호하실 거였으면 처음부터 전선에 보내지 않았어야 합니다. 세상에 어떤 왕조가 전쟁을 앞두고 태자 전하를 전선으로 보낸단 말입니까. 태조께서도 이런 걸 바라고 만든 법은 아닐 것입니다!"

말을 하면서 흥분한 걸까? 장수의 분위기가 살짝 격앙되자, 곽충무가 부장의 어깨에 손을 얹었다.

"또 흥분한다, 또."

"……죄송합니다."

"일단 염두에 두고 있을 터이니 당장은 우리와 마주하고 있는 적부터 신경 쓰자꾸나."

"예, 총사."

"저곳인 것 같습니다. 저 막사가 가장 크고 좋아 보입니다."

북부군단의 군영이 한눈에 내려다보이는 산의 정상에 백포인들이 올라섰다.

그들은 군영에서 가장 큰 막사에 시선을 모았다.

당초 곽충무가 이환을 배려해서 비워 두었던 막사였다. 물론 지금은 비월과 이왕 일맥의 무사들이 사용하고 있었다.

"들어가서 확인해 보면 금방 알게 되겠지."

말하며 차갑게 웃는 여인은 바로 황후가 보낸 벽안의 여인이었다.

"대군을 뵌 적이 있다고 하지 않으셨습니까?"

"무슨 문제라도 있어?"

"군영으로 들어가면 얼굴을 알아볼 터인데, 하면 당장 의심부터 하지 않겠습니까?"

"그렇다고 이 추운 날에 언제까지 밖에서 겉돌며 살펴볼 순 없잖아. 황후마마께서 도우라고 보냈다고 둘러대면 될 거야. 그러니 얼른 내려가."

여인이 먼저 몸을 날렸다.

그러자 다른 넷이 서로를 쳐다보더니 이내 그녀의 뒤를 쫓아 몸을 날렸다.

차중경이 이환의 방으로 들어섰다.

"대군, 그 벽안에 가슴 큰 여자가 조금 전에 군영으로 들어왔습니다."

"그래?"

"예. 지금 총사의 막사에 있습니다."

"인원은?"

"그 여자를 포함해서 다섯 명입니다."

이환은 미간을 좁혔다.

'대놓고 함께 생활하면서 나를 노리겠다는 건 아닐 테고, 역시 조광을 찾아온 건가?'

이환은 만화궁에서 자신을 막아서던 벽안의 여인을 향해 했던 경고를 떠올렸다.

한 번만 더 내 앞에서 건방을 떨면 두 눈을 뽑아 목걸이로 만들어 주지.

'그럼에도 왔다면 나 정도는 안중에도 없다는 뜻이겠군.'

이환은 여차하면 정말 경고했던 대로 할 생각이었다.

주태가 물었다.

"어떡할까요?"

“일단은 내버려둬. 보는 눈이 많은데 다짜고짜 잡아서 족칠 순 없잖아.”

“그럼 제가 가서 한번 보고 오겠습니다.”

“가슴이 크다니까 마음이 동하냐?”

“아…… 아닙니다. 그런 거.”

“알아서 나를 찾아올 테니 기다려라.”

“……예.”

“잠시 다녀오마.”

이환은 조광을 찾아갔다. 조광은 막사에서 책을 읽고 있었다.

“인피면구가 답답하지 않소?”

“이제 어느 정도 적응되어서 괜찮소.”

이환은 조광의 맞은편에 앉으며 바로 본론을 꺼냈다.

“황후가 사람을 보냈소. 나를 죽이거나, 아니면 태자를 찾아왔거나, 또 아니면 둘 다일 수도 있소.”

“어느 정도 각오는 하고 있었는데…… 정말 왔구려.”

이환은 파파를 돌아보며 미간을 좁혔다.

“태자야 목소리만 어느 정도 바꾸면 알아볼 수 없을 테지만 파파는 체형 때문에 한눈에 알아볼 텐데…….”

“소인의 얼굴을 알고 있는 사람이온지요?”

“알고 있다고 가정하고 대처해야 하지 않겠나. 황후가 보통 사람도 아닌데.”

"하면 이렇게 하면 되지 않겠는지요."

우드득!

파파의 몸에서 갑자기 뼈마디가 으스러지는 소리가 흘러나오더니 이내 체형이 바뀌기 시작했다.

이환은 헛웃음을 지었다.

"축골공을 익혔나?"

"예. 하지만 완벽하게 익히지 못해 지속 시간이 반나절에 불과합니다."

"뭐, 그 정도면 충분해. 그들이 당신을 하루 종일 지켜볼 것도 아니니까. 그 전에 다른 사람들이 놀랄 수도 있으니 미리 변한 모습을 보여 주도록 하고."

"알겠습니다."

조광이 물었다.

"저쪽 움직임은 어떻소?"

"눈 때문에 꼼짝하지 않고 있소. 아직 다른 전선에서도 공격이 시작되었다는 보고가 없는 걸로 봐서 눈이 녹을 때까지 기다리려는 모양이오."

"혹시 그 작자에 대한 정보는 없소이까?"

"서남왕 말이오?"

조광이 머리를 끄덕였다.

이환은 의자에 몸을 기대며 말을 이었다.

"곧 황제가 될 서남왕이 직접 전장에 나올 일은 없지 않겠소?"

"그자는 자신의 무공에 대한 자신감이 하늘을 찌르고 있소. 또한 주변에 고수들이 즐비하여 전투를 즐기기 위해서라도 충분히 전장에 나오고도 남을 작자요. 만약 내가 이곳에 있음이 알려진다면……."

"황궁에서 온 자들은 곧 내가 처리할 테니 걱정하지 마시오. 그나저나 내가 깜박한 게 있는데……."

이환은 유령곡을 떠올리며 말을 이었다.

"일전에 우리가 싸울 때 말이오. 그쪽에 유령곡의 마인들이 있지 않았소?"

"있었소."

"혹시 놈들에 대해 잘 알고 있소?"

"그들이 매우 강하다는 것만 알고 있었을 뿐, 따로 관심을 둔 적은 없었소. 한데 그건 왜 묻는 것이오?"

이환은 대답 대신 파파를 돌아봤다.

파파가 대답했다.

"소인도 그들이 마공을 익혔고, 아주 오래전부터 세력을 유지해 왔다는 것 말고는 아는 것이 거의 없습니다, 대군."

'뭐라도 건질 줄 알았는데.'

이환은 아쉬움을 뒤로하고 일어섰다.

"황후가 보낸 자들이 다가오면 최대한 평소의 말투와 행동거지를 다르게 하도록 신경 써야 할 거요."

"알겠소."

밖으로 나선 이환은 거처로 향하다가 걸음을 멈췄다. 곽충무의 막사에서 밖으로 나서는 백포인들이 있었는데, 그 중에 벽안의 여인도 있었다.

마침 여인이 이환을 응시했다.

둘의 시선이 허공을 격하고 얽혀 들었다.

이환은 흐릿하게 웃었다.

"내가 했던 경고, 잊지 않았기를 바라마."

6장

나는 싸우러 왔소

'이 거리에서 속삭이듯 한 말이 내 귀에까지 전해져?'

벽안의 여인, 화령(火靈)이 눈빛을 떨었다.

방금 이환의 목소리가 아주 또렷하게 귓속으로 흘러들었다. 목소리의 크기로 보면 거의 속삭이듯 한 말이었다.

그녀와 이환의 거리는 무려 백여 장, 놀라울 정도의 심후한 공력이 없으면 불가능한 일이었다.

'역시, 그날 잘못 본 게 아니었어.'

만화궁에서 이환을 처음 만났을 때, 그녀는 느낄 수 있었다. 이환이 내가기공을 익힌 고수라는 걸.

하지만 이 정도일 줄은 전혀 예상하지 못했다.

실룩.

화령의 입꼬리가 슬쩍 올라갔다.

'대단하시네요. 하지만 내게 이 정도로는 어림도 없답니

다, 대군 나리.'

장수가 화령에게 다가왔다.

"막사는 이곳을 쓰도록 하시오."

"고마워요."

화령은 수하들과 함께 막사로 들어갔다. 통나무로 지은 막사는 안에 큼지막한 화로가 있어서 제법 따뜻했다. 또한 공간이 제법 넓어서 다섯이 사용하기에 충분했다.

화령은 대나무를 엮어서 만든 침상에 걸터앉으며 겉옷을 벗었다. 착 달라붙은 무복을 금방이라도 뚫고 나올 것 같은 풍만한 가슴이 출렁거렸지만 다행히 그녀의 수하는 모두 여인이었다.

"누가 차 좀 준비해 줄래?"

"예. 바로 준비하겠습니다."

화령은 침상에 몸을 눕혔다.

퀴퀴한 냄새가 후각을 자극했지만, 화령은 아랑곳하지 않고 크게 기지개를 켰다.

"오늘은 푹 쉬도록 해. 내일부터 아주 바빠질 테니까."

"예!"

화령은 두 손으로 머리를 받치고 천장을 응시했다. 그런 그녀의 머릿속에 조금 전 자신을 향해 웃던 이환의 모습이 떠올랐다.

'내 눈을 뽑아서 목걸이를 만들어 준다고 했었지?'

피식.

"웃기지도 않아."

"예?"

"아니야, 아무것도."

"봤냐?"

"봤다."

"와…… 살면서 그렇게 큰 가슴을 가진 여자는 처음이다. 어디 크기만 해? 탄력이 그냥, 어이고야."

주태의 넉살에 철무옥이 실소를 머금었다.

주태가 한숨을 내쉬며 말을 이었다.

"조금 아쉽네. 그런 여자가 적이라니 말이다."

"가슴만 봤나?"

"그럴 리가. 엉덩이도 처지지 않고 착 올라붙었더라."

"예사롭지 않은 여자더라. 그러니 칼을 맞댈 때가 오면 절대 방심하지 않도록 해라."

"그런 날이 오면 아주 슬플 것 같은데."

그때 문을 열고 고미가 들어섰다. 주태의 시선이 자연스럽게 고미의 가슴을 향했다.

'월주도 작은 가슴은 아닌데, 그래도 차이가 나도 너무

나네.'

번쩍!

"……!"

한 줄기 빛이 일어나는 걸 깨달은 주태가 고개를 옆으로 젖혔다. 간발의 차이로 지나간 빛이 벽에 퍽 하는 소리와 함께 박혔다.

주태가 눈을 동그랗게 치뜨며 고미를 돌아봤다.

"뭐요, 이건?"

"하나 더 날려 줘요?"

철무옥이 웃으며 나섰다.

"적진에 다녀오는 길이오?"

"예. 계시죠?"

"지금은 수련 중이시라 조금 기다려야겠소."

"그러죠."

고미는 의자에 앉으며 주태를 매섭게 노려보았다. 주태는 뒤늦게 자신의 실수를 인지하고 슬며시 시선을 피했다.

여인의 가슴을 뚫어져라 쳐다보는 행위는 생각하기에 따라 아무것도 아닐 수 있지만, 무림이라는 세상에서는 생사결(生死決)의 명분으로 충분했다.

고미가 물었다.

"조금 전에 맞은편 막사로 들어가던 여자들은 뭐죠?"

"황후가 보낸 여자들이오. 일전에 중경 그 녀석이 봤다던 그 여자들인 것 같소. 혹시 뭐하는 여자들인지 아시오?"

"전혀요. 하지만 얼굴을 봤으니, 지금부터 알아봐야죠."

"적의 동향은 좀 어떻소?"

"대군께 먼저 보고드려야 하니 궁금해도 참으시죠."

"알겠소."

고미는 팔짱을 끼고 눈을 감았다.

주태가 십년감수했다는 표정으로 가슴을 쓸어내리는 시늉을 했다. 철무옥이 혀를 찼다.

[검왕께서 네 모습을 보면 참 좋아하시겠다.]

[갑자기 조상님은 왜 끌어들여?]

[한심해서.]

[뜨거운 사내라면 당연히 그럴 수도 있지. 오히려 멀쩡한 몸뚱이를 가진 네가 소림사 땡중처럼 구는 게 이상한 거야.]

그때 이환의 목소리가 흘러나왔다.

"들어와."

고미가 벌떡 일어나 방으로 들어갔다. 가면서도 주태를 노려보는 걸 잊지 않았다.

"한 놈을 잡아서 족쳤는데, 유령곡주는 이곳에 없음을

확인하였습니다.”

“그 정도 고수라면 여기보다는 서부전선으로 갔을 가능성이 높겠지. 다른 건 더 없나?”

“적이 방어선을 강화하는 것 같았습니다. 목책도 더 넓히고 곳곳에 흙과 돌덩이를 이용해 진지를 구축하는 것을 확인했습니다.”

이환은 슬며시 미간을 좁혔다.

“방어선을 강화한다면 선제공격을 해 올 생각이 없다는 것인데…….”

“대군의 예상대로 태자 전하께서 계신 서부전선에 집중하려는 것 같습니다.”

“이곳에 있는 병력은 우리가 서부군단을 지원하지 못하게만 하면 된다, 이런 계산이겠군.”

“그렇습니다.”

고미가 방 한쪽에 놓여 있던 수건을 들어 이환에게 건넸다.

“얼굴에 땀이…….”

“됐어. 나가서 씻을 거다.”

고미가 다른 걸 물었다.

“황후가 보낸 여자들은 어떠하실 겁니까? 대군과 함께 온 사람들의 신원만 파악해도 조나라 태자의 정체가 발각될 가능성이 매우 높은데 말입니다.”

"내 사병이라고 둘러대야지. 뭐, 여차하면 죽여서 입을 막아야겠지만 당장은 명분이 없으니 때를 기다릴 수밖에."

이환이 일어섰다.

"좀 씻어야겠다."

고미가 따라 일어설 때였다.

"대군!"

송천무가 문을 열고 들어섰다.

"조나라가 서부군단을 향해 공격을 시작했다고 합니다!"

"확실한가?"

"예. 총사께서 저더러 대군께 전해 드리라 하셨습니다!"

이환의 미간에 주름이 잡혔다.

"아직 눈이 녹으려면 며칠은 더 있어야 하는데, 벌써 공격을 시작했다니……."

이환은 고미가 들고 있던 수건을 낚아챘다.

"일단 사령실에 가 봐야겠다."

군영이 바빠졌다.

장수들도 부대를 이끌고 군영 외곽의 방어 진지로 속속 이동했다.

이환이 들어서니 곽충무가 머리를 숙였다.

"어서 오십시오, 대군."

"조나라가 서부군단을 공격했다는 게 사실이오?"

"예. 방금 전서를 통해 전달받았습니다."

"병력의 규모는 얼마나 되는 거요?"

"이만 정도가 기습전을 펼치고는 곧장 물러갔다고 합니다. 본격적인 전투가 시작되기 전에 한번 찔러 본 것 같은데, 이후 십만에 달하는 대군이 국경 가까운 곳으로 올라와 진을 친 상황이라고 합니다."

"태자 소식은 없었소?"

"없었습니다."

이환은 자리에 앉으며 곽충무를 직시했다.

"적이 선제공격에 나섰으니 이제 우리에게도 공격할 명분이 생긴 거 아니오?"

"굳이 명분을 따지자면 그렇습니다. 다만 섣불리 결정할 사안이 아니니 일단 장수들을 불러 논의해야 할 것 같습니다."

사령실에 주요 장수들이 모였다.

이환은 나서지 않고 상석에서 장수들의 목소리에 귀를 기울였다.

의견은 분분했다.

강경파들은 당장 선제공격을, 온건파들은 적의 동향을 살펴 가면서 대처하자는 쪽이었다.

곽충무가 이환을 돌아보며 물었다.

"대군의 뜻은 어떠하십니까?"

"나는 총사의 결정에 따르겠소."

물론 이환은 강경파와 같은 생각이었다. 하지만 여기서 자신이 나서면 곽충무가 난처해질 수가 있어서 말을 아꼈다.

결국 결정은 곽충무의 몫으로 남았고 결정은 빨리 내려졌다.

"이곳은 서부군단보다 날씨가 차서 눈이 녹으려면 이틀은 더 걸릴 것이다. 적도 우리와 같은 생각에 적어도 이틀 후까지는 병력을 움직이지 않을 터, 하여 하루 앞당겨 내일 공격에 나선다."

"총공격입니까?"

한 장수의 질문에 곽충무가 고개를 젓고는 호랑이처럼 생긴 장수를 돌아봤다.

"방 장군이 나서 줘야겠네."

"기습전입니까?"

곽충무가 고개를 끄덕이니 장수가 벌떡 일어나서 포권을 취했다.

"알겠습니다!"

묵묵히 지켜보던 이환이 물었다.

"무림인들은 몇이나 데려갈 거요?"

"적의 본진을 치러 가는 것이니 출전이 가능한 자는 모두 투입할까 합니다."

"나도 가겠소."

"……!"

모두가 놀란 표정으로 이환을 주목했다. 이환은 천천히 자리에서 일어나며 말을 이었다.

"내 휘하에 유능한 친구들이 꽤 있소. 일전에 조나라와의 전투에서 조나라의 무림인들을 압도한 적이 있으니 꽤 도움이 될 거요."

"너무 위험합니다. 이번 기습전은 그냥 지켜보시는 게 좋겠습니다, 대군."

곽충무의 만류에 이환은 단호하게 말했다.

"다시 말하지만 나는 싸우러 온 거요. 그리고 방해되지 않게 움직일 것이니 걱정할 거 없소."

"……."

"그건 그렇고 총사의 직권을 한 번 썼으면 하는데, 괜찮겠소?"

"그게 무슨 말씀이신지요?"

"기습 작전에 데려가면 크게 도움이 될 사람들이 있는데, 총사의 직권만이 그들을 움직일 수 있을 것 같아서 말이오."

곽충무는 순간 화령과 일행들을 떠올렸다.

[혹시 황후가 보낸 여인들을 말씀하시는 것인지요?]

[그렇소.]

[이유를 여쭤봐도 되겠습니까?]

[나중에 말해 주면 안 되겠소?]

"……."

잠시 생각한 곽충무가 이내 고개를 끄덕였다.

[알겠습니다. 그들도 같이 보내도록 하겠습니다.]

사령실을 나선 이환은 곧장 화령의 막사로 향했다. 여무사들이 어정쩡한 태도로 그를 맞았다.

"인사를 하려면 똑바로 해. 아니면 그냥 대놓고 건방을 떨든가."

"……."

싸늘히 질책한 이환은 막사 안을 향해 나지막이 말했다.

"나 좀 볼까?"

화령이 밖으로 나섰다.

그녀는 이환을 향해 머리를 조아렸다.

"대군을 뵈어요."

"이 인원이 전부인가?"

"예, 대군. 한데 어인 일로 저를 찾으셨는지요?"

"내일 아침, 기습 공격이 결정되었다. 해서 너희들도 같이 가 줬으면 한다."

"총사께서 직접 가시는지요?"

"총사는 가지 않는다."

"송구하오나 황후마마께서 저희에게 부여하신 임무는 적의 무림인들로부터 북부군단의 총사를 호위하는 것입니다. 따라서 총사께서 나서지 않는다면 저희 역시 군영을 떠날 수가 없음을 유념해 주시지요."

조곤조곤한 화령의 어조와 태도에서 이환을 두려워하는 기색은 조금도 찾아볼 수 없었다. 하지만 이환은 화령이 이렇게 나올 걸 이미 예상했다.

그가 오른손을 들어 올렸다.

한 자 길이의 증패였다.

"총사가 내리는 군령이다. 전시에 군령을 어기면 어떻게 되는지는 알고 있을 터."

"……!"

"그럼, 내일 아침에 보자고."

화령은 돌아서서 걸어가는 이환의 뒷모습을 응시하며 묘한 미소를 머금었다.

'전장에서 우리를 제거하겠다? 아니면 우리의 실력부터

확인하겠다?'

"웃기지도 않아."

화령은 안으로 들어가 마시던 찻잔을 들었다. 여인 하나가 다가왔다.

"출전하시겠습니까?"

"어쩌겠어. 총사의 패를 들고 와서 으름장을 놓으니 함께 가 줄 수밖에. 그나저나 대군과 함께 온 사람들에 대한 정보는 파악했어?"

"아직 파악 중입니다."

"아직?"

"서두르겠습니다."

"열심히 해야지. 여기 놀러 온 거 아니잖아?"

"예."

딸그락.

화령은 찻잔을 비우고 일어섰다. 그러고는 겉옷을 벗고 침상에 몸을 눕혔다.

"잘 거니까 깨우지 마."

"예. 편히 주무십시오."

여인이 찻잔과 쟁반을 들고 나갔다.

화령은 천장을 응시하며 길게 숨을 토했다.

"후우……."

입술을 뚫고 흘러나온 숨결이 허공에서 그대로 얼어붙

더니 눈송이처럼 떨어져 내렸다.

그녀의 입가에 다시 미소가 맺혔다.

'기왕에 함께 전장에 나가게 되었으니 당신 실력이 어느 정도인지 지켜보죠. 부디 실망하게 하지 마세요, 대군 나리.'

화령은 바로 잠을 청했다.

그리고 이내 잠이 들었다. 눈을 떴을 땐, 아침이 아니라 이른 새벽이었다.

너무 일찍 잠자리에 든 까닭에 기상 시간이 평소보다 한참 빨랐던 것이다.

화령은 겉옷을 걸치고 막사 밖으로 나섰다. 눈송이가 하늘하늘 떨어지고 있었다.

그녀는 이환의 막사를 응시했다.

그곳은 아직도 어둠에 잠겨 있었다.

'경계 병력도 없고 주변에 횃불조차 밝히지 않았다는 건 그만큼 자신이 있다는 건가?'

화령의 눈가가 서서히 가늘어졌다.

'어째 저 사람 때문에 이번 사냥은 아주 재밌겠어. 후훗.'

총사 곽충무는 군영을 나서는 병력을 응시하며 나지막이 한숨을 내쉬었다.

그의 시선은 이환의 뒷모습에 고정되어 있었다.
"후우……."

나는 여기 싸우러 왔소.

말리고 싶었다.
하지만 그때의 이환은 도저히 말릴 수 없는 분위기였다.
'대군이 황후가 짜 놓은 판의 희생양이 되게 놔둘 순 없다. 이건 누구의 편이고 아니고를 떠나 정도와 협의의 문제다.'
한순간 곽충무의 두 눈에 결기가 어렸다.
그가 부장을 돌아보며 나지막이 외쳤다.
"나는 대군과 함께할 것이니 내가 없는 동안에 부장이 군영을 통솔하라."
"총사!"
"다녀오마."
팟!
땅을 박차고 떠오른 곽충무가 한 마리 새처럼 허공을 가로질렀다.
지켜보는 장수들이 저마다 놀란 표정을 감추지 못했다.
"갑자기 왜 저러시는 겁니까?"
"아무래도 대군이 걱정되셨던 모양입니다."

한 장수가 불만을 터트렸다.

"그냥 조용히 계시면 될 것을 어쩌자고 저렇게 나대시는 건지."

"감히 대군을 두고 그 무슨 말인가!"

"아무리 대군이라도 총사의 뜻에 따라야 하는 거 아닙니까? 자꾸 이런 식이면 진짜 중요할 때 큰 문제가 될 수도 있습니다."

"총사께서 대군의 뜻을 받아들이셨다. 하면 우리도 따르면 그뿐. 더는 왈가왈부 말거라!"

부장의 호통에 장수는 비로소 머리를 조아렸다.

"알겠습니다."

"대군, 총사가 옵니다."

철무옥의 그 말에 이환은 뒤를 돌아봤다.

곽충무가 달려오고 있었다. 그가 지나온 곳에서 눈가루가 하얗게 치솟았다.

답설무흔(踏雪無痕), 그 이상의 경공술이었다.

'역시 고수였군.'

"총사가 오신다!"

"총사께서 오십니다!"

무사들이 술렁거렸다. 기습 작전의 중임을 맡은 장수 방효가 손을 들어 진격을 중단시켰다.

곽충무가 그의 곁으로 떨어져 내렸다.

"이 작전은 내가 지휘할 것이다. 방 장군은 부장을 맡아라."

"군영을 비우셔도 괜찮겠습니까?"

"어차피 적은 기습에 나서지 못한다. 나선다 해도 우리가 먼저 발견할 터이니 문제 될 건 없다."

"알겠습니다."

방효가 뒤로 물러서자, 곽충무는 곧장 이환의 곁으로 다가왔다.

이환은 담담히 그를 응시했다.

"소장과 함께하시지요."

"내가 잘못될까 불안해서 온 거요?"

"송구하오나 전혀 아니라고는 못 하겠습니다."

곽충무의 솔직한 대답에 이환은 흐릿하게 웃으며 옆으로 물러섰다.

곽충무가 앞으로 나서며 외쳤다.

"진격을 재개하라!"

화령은 이환의 뒤에서 움직였다.

그녀는 군영을 나선 이후로 이환에게서 눈을 떼지 않고 있었다.

'긴장한 기색이라고는 손톱만큼도 찾아볼 수가 없어. 마치 평생을 전장에서 굴러먹은 노장처럼. 역시 까면 갈수록 새로운 양파 같은 사람이었어.'

이환에 대한 정보는 많았다.

과거의 그에서부터 최근의 그까지. 하지만 이곳에 와서 본 이환은 정보를 통해 접한 것과는 또 다른 사람이었다.

'역시 황후마마가 신경을 쓰시는 이유가 있었어.'

화령은 고개를 들어 찬 공기를 들이켰다. 그러다가 눈빛을 발한 건, 이환의 곁에서 움직이는 고미가 뒤를 돌아보면서 시선이 마주쳤을 때였다. 둘의 시선이 찰나의 순간을 격하고 얽혀 들었다가 이내 풀어졌다.

화령의 입꼬리가 슬쩍 움직였다.

'비월의 월주.'

고미는 신분을 감추고 있었다. 하지만 화령은 오기 전부터 알고 있었다. 그녀가 이환과 함께 움직이고 있다는 사실을.

사실 조광, 이환 다음으로 그녀가 노리는 대상이 바로

고미였다.

'넌 예뻐서 더 마음에 안 들어.'

파스스!

바람에 휩쓸린 눈가루가 화령의 얼굴을 쓸고 지나갔다. 화령은 얼굴을 덮은 눈가루를 그대로 두었다. 그녀는 눈가루가 전하는 냉기를 만끽하며 다시 이환의 뒷모습을 응시했다.

'혹시 둘이 그렇고 그런 사이인가?'

'뭐지, 저 눈빛은?'

화령의 묘한 눈빛에 고미는 눈썹을 치켜세웠다.

우연히 뒤를 돌아봤다가 화령과 시선이 얽혔다. 순간 동공을 파고드는 것 같은 기이한 느낌에 재빨리 시선을 돌려야 했다.

하지만 뒤늦게 굴복한 거 같은 기분이 들어 짜증이 확 치고 올라왔다.

'재수 없는 계집애. 젖소처럼 가슴만 커 가지고.'

고미는 눈을 한 움큼 집어 입속에 털어 넣었다. 주태가 물었다.

"속이 답답하시오?"

“관심 접으세요.”

“니엡!”

주태가 머쓱한 표정으로 고개를 돌렸다. 그 상황을 지켜보던 철무옥이 고개를 젖히며 웃었다.

“하하하!”

휘이잉!

바람이 제법 거셌다. 하지만 눈발은 점점 약해지고 있었다.

고미는 이환을 응시했다.

‘저 계집들은 왜 데리고 오신 걸까? 설마 전장에서 처치하려고?’

그게 궁금했지만 미처 물어보지 못했다.

‘처치하시려고 불렀겠지.’

진격은 매우 빠른 속도로 이루어졌다. 북부군단의 무사 대부분이 산악 지형에 특화된 까닭에 허리까지 쌓인 눈도 전혀 방해가 되지 않았다.

오히려 경사진 곳에서는 전혀 힘들이지 않고 이동하는 노련함마저 발휘했다.

그렇게 시간이 얼마나 지났을까?

전방에서 척후병이 돌아왔다.

“적은 아군이 올라오는 걸 전혀 모르고 있습니다.”

곽충무가 하늘을 올려다봤다.

"곧 점심밥을 지을 때가 되겠군."

"그렇습니다."

"그때를 노린다."

"예."

이환은 묵묵히 고개를 끄덕였다.

'나쁘지 않아.'

곽충무가 그를 돌아보며 말했다.

"전투가 시작되면 가급적 후방에서 싸우시는 게 좋겠습니다."

"알겠소."

물론 그럴 생각은 추호도 없었다. 하지만 미리 곽충무의 불안감을 키우고 싶지도 않았다.

이환은 남부군단의 총사 황호를 떠올렸다.

그도 처음에는 곽충무와 다르지 않았다. 이환을 지키기보다는 이환이 잘못되면 어쩌나 하는 마음이 더 컸으리라.

"술."

이환은 철무옥을 돌아보며 손을 내밀었다.

철무옥이 품속에서 호리병을 꺼내어 건넸다.

이환은 단숨에 호리병을 비웠다. 아주 지독한 화주였다.

독한 주향이 뒤에서 따라오던 화령의 콧속으로 흘러들었다.

'슬슬 긴장이 되나 보지?'

화령의 착각이었다.

이환은 곽충무의 주변을 그림자처럼 따르는 자들을 응시했다.

모두가 갑주를 걸치고 있었지만, 그들은 무림인들이었다.

그중에 몇 명은 한눈에 봐도 고수라는 걸 알 수 있을 정도로 비범한 분위기를 지니고 있었다. 그런 자들이 방효의 주변에도 있었다.

씁쓸했다.

화산지연 이후, 관무불가침의 철칙이 지켜졌더라면 무림인들이 이처럼 관의 칼이 되는 일은 없었을 것이다. 어쩌면 저들은 그러한 일이 있었다는 것조차 모르고 있지 않을까?

이백 년이라는 세월이 모든 것을 삼켜 버렸으니까.

'다시 되돌려 놓는다, 내가.'

휘이잉!

싸아아!

바람이 점점 강해졌다. 일어나는 눈가루가 시야를 방해했다. 하지만 북부군단의 무사들은 진격을 멈추지 않았다.

그렇게 반 시진 정도가 흘렀을 때, 드디어 적진이 보이기 시작했다.

철무옥이 전음을 보냈다.

[척후병들이 적의 경계 병력을 모두 처리한 것 같습니다.]

그의 말처럼 곳곳에 죽은 자들이 있었다. 아군의 기습에 대비하여 군영에서 한참 동쪽에서 경계를 서던 적의 무사들이리라.

곽충무가 이환을 돌아봤다.

"공격을 시작하겠습니다."

"알겠소."

스르릉.

곽충무가 검을 뽑아 하늘 높이 치켜들었다.

그것이 공격을 알리는 신호였다.

조나라군은 본영에서 동쪽으로 몇 리 떨어진 곳에 전진 방어선을 구축해 두었다. 연나라가 기습을 해 와도 전진 방어선에서 시간을 끌고, 그 시간 동안에 본영에서 지원에 나설 목적으로 세워 둔 방어선이었다.

연나라의 기습 부대가 치고 들어간 곳도 바로 전진 방어선이었다.

"크악!"

"으악!"

"막아라!"

"막긴 뭘 막아! 개새끼들아!"

까가강!

"크아악!"

"으아악!"

전투는 곳곳에서 동시다발적으로 벌어졌다.

곽충무와 그의 호위 부대는 곧장 적진의 가운데를 치고 들어갔다.

이환은 바로 뒤에서 움직였다.

그는 고미를 돌아보며 지시했다.

"우리 곁에서 떨어지지 마라."

"예."

그 뒤에 화령이 포진했다. 그녀는 한없이 느긋한 표정으로 전장 곳곳을 둘러보았다.

그런 그녀의 귓속으로 이환의 목소리가 흘러들었다.

"실력을 좀 볼까?"

화령이 이환을 돌아봤다.

"저희는 뭘 하면 될까요, 대군?"

"적의 장수들을 노려라."

"그러죠."

쟁!

화령이 검을 뽑았다. 검이라기보다는 마치 장신구처럼 화려한 보석이 곳곳에 박혀 있는 검이 청광을 뿜었다.

'잘 봐 두세요, 대군 나리.'

팟!

화령이 솟구쳐 오르자, 네 여인이 그 뒤를 쫓아 몸을 날렸다.

이환은 그 모습을 보며 흐릿하게 웃었다.

"제법이군."

그때였다.

전방에서 한 무리의 적이 눈가루를 일으키며 나타났다.

"적의 무림인들입니다."

철무옥이 나지막이 외치며 검을 대도로 변환했다.

철컥! 철컥!

이환도 천천히 검을 뽑았다.

스르릉.

그의 주변으로 북부군단의 무림인들이 다가왔다. 사전에 곽충무의 지시가 있었던 모양인지, 그들은 마치 훈련을 미리 해 둔 것처럼 이환의 주변을 에워싸며 대형을 갖췄다.

'짐이 될 순 없지.'

이환은 적의 무림인들을 빠르게 살폈다. 그러다가 한 장수를 발견하고는 눈빛을 발했다.

장수의 검신을 타고 흐르는 혈광을 본 것이다.

'마기.'

극강의 마공을 익힌 자에게서 흔히 볼 수 있는 현상이었다.

"무옥, 주태."

"예!"

"옙!"

"저놈부터 노려라."

"알겠습니다."

철무옥과 주태가 앞으로 나섰다.

이환이 그 뒤를 따라가니 북부군단의 무림인들이 동시에 움직였다.

그때였다.

꽈광!

강력한 폭음이 좌측에서 터졌다. 뒤이어 치솟는 눈가루 너머로 피를 뿌리며 날아가는 적의 무림인이 있었다.

곽충무를 노리고 달려든 자였다.

"대군! 너무 앞으로 나아가지 마십시오!"

이환은 그저 웃었다.

하지만 그의 검은 이미 백광을 머금어 가고 있었다.

'총사를 비롯한 장수들이 내 안전에 필요 이상으로 신경을 쓰는 것 자체가 전력 손실을 초래한다. 명색이 대군이 되어서 그렇게 되도록 지켜볼 순 없지.'

그러자면 어떻게 해야 할까?

이환의 몸에서 일곱 개의 빛이 떠올랐다.

전투가 시작된 까닭에 그것을 본 사람은 바로 옆에 있는 고미뿐이었다.

고미의 동공에 일곱 개의 빛이 반사되었다. 뒤이어 그녀의 두 눈이 붉게 물들었다.

퍼퍽!

"크악!"

일곱 개의 빛을 그대로 허용한 적의 무림인 하나가 피를 쏟으며 꼬꾸라졌다.

동시에 이환이 앞으로 뛰쳐나갔다.

당황한 무림인들이 황급히 그를 쫓아 몸을 날렸다. 곽충무가 두 눈을 부릅뜬 것도 그때였다.

"이런……."

순간 허점이 드러났고, 적 하나가 곽충무를 향해 달려들었다. 하지만 곽충무를 그림자처럼 따르던 무림인에 의해 목이 날아갔다.

퍽!

"컥!"

퍽!

"크억!"

화령의 검이 한 장수의 머리를 쳐 냈다.

놀랍게도 잘린 머리가 허공에서 하얗게 얼어붙었다.

짜자작!

벌써 세 명의 조나라 장수가 그녀의 검에 쓰러졌다. 화령은 뒤를 돌아보았다. 그러다가 두 눈을 동그랗게 치떴다.

호위망을 뚫고 앞으로 치고 나가는 이환을 본 것이다.

'바짝 긴장한 줄 알았더니 그게 아니었네? 그럼 어디 실력이나 좀 볼까?'

삶과 죽음이 교차하는 전장에서 화령은 팔짱을 끼며 웃었다. 네 여인이 그녀의 사방을 에워쌌다.

화령의 허점을 노렸던 적들은 여인들에 의해 목이 날아갔다.

번쩍!

이환의 검이 일으킨 빛이 화령의 동공을 하얗게 물들였다. 뒤이어 화령의 입가에 맺힌 미소가 더 진하게 변해 갔다.

적 무림인 두 명이 이환의 일검에 피를 뿌리며 꼬꾸라졌다.

그 순간 화령의 입가에서 미소가 싹 걷혔다.

'강기를 머금은 검까지 잘라 버려?'

그러했다.

이환의 검은 강기를 머금은 상대의 검까지 사정없이 잘라 버렸다. 강기를 운용할 줄 아는 수준의 고수라면 그것이 얼마나 대단한지 모를 수는 없었다.

꿈틀.

화령의 눈썹이 슬며시 치켜 올라갔다. 뒤이어 사라졌던 미소가 다시 입가를 타고 번져 갔다.

'확실히 재밌겠어. 후훗!'

이환은 곽충무의 곁으로 다가갔다.

이환의 실력을 두 눈으로 똑똑히 보았던 곽충무는 놀란 표정을 감추지 못했다.

"이제 안심하셨소?"

"……!"

"지금부터 내게 붙인 무림인을 장수들에게 각각 분산 배치하시오. 장수들이 위축되지 않아야 전력을 집중할 수 있지 않겠소?"

"정말 괜찮겠습니까?"

"더 보여 줘야 믿겠소?"

"아닙니다. 하면 대군의 뜻에 따르겠습니다."

일부러 모두의 앞에서 실력을 보여 준 이환의 뜻이 통하는 순간이었다.

잠시 후 이환을 호위했던 무림인들이 곳곳으로 퍼져 나갔다. 그들이 합류하면서 장수들은 훨씬 더 적극적인 공세를 펼칠 수 있었다.

"후욱!"

길게 숨을 토한 이환은 다시 적의 무림인들을 찾아 시선을 돌렸다.

그때 곽충무의 외침이 들렸다.

"대군!"

이환이 그를 돌아봤다.

한데 곽충무가 돌연 크게 웃었다.

"하하하! 저희에게 와 주셔서 감사합니다!"

'갑자기?'

곽충무의 난데없는 행동에 이환은 쓴웃음을 지었다.

"오고 싶어 온 게 아니잖소?"

"그래도 감사합니다! 하면 이제 끝장을 보시지요! 소장이 먼저 나아가겠습니다!"

"그럽시다."

곽충무가 적진을 향해 돌격했다.

장수와 무림인들이 그 뒤를 쫓아 치고 들어갔다. 이환은 화령을 돌아봤다.
마침 화령이 적장의 목을 베고 있었다.
적장 주변의 무림인들이 그녀를 노리고 달려들었지만, 화령의 수하들을 뚫지 못하고 피를 뿌리며 쓰러졌다.
'실력을 감추고도 저 정도면 내 앞에서 건방을 떨 자격 정도는 있다고 봐줘야 하나?'
화령은 놀라울 정도로 강했다.
더 놀라운 건 최소한의 힘과 동작으로 최선의 결과를 만들어 낸다는 점이었다. 그건 이환 정도의 고수가 아니면 절대 간파할 수 없는 지극히 세밀한 움직임이었다.
마침 화령이 이쪽을 쳐다보면서 둘의 시선이 마주쳤다.
"열심히 해 봐."
이환의 한마디에 화령은 그저 웃었다.
이환은 이내 시선을 돌렸다.
와아아!
"크아악!"
"으악!"
북부군단의 맹공에 적들이 도주하기 시작했다. 또한 퇴로가 막혀 무기를 버리고 투항하는 적들도 속출했다. 전투는 거의 막바지를 향해 치닫고 있었다.
'내가 굳이 더 나설 필요는 없겠군.'
이환은 검에 묻은 피를 눈에 닦았다.

철컥!

철무옥과 주태가 다가왔다.

둘의 전신은 이미 피로 흥건히 젖어 있었다. 이환은 고미부터 찾았다.

고미는 그의 바로 뒤에 서 있었다.

"괜찮나?"

"예. 괜찮습니다."

고미는 씁쓸했다. 지금껏 그녀는 거의 싸워 보지도 못했다. 공격하려 하면 이환이 먼저 죽여 버리니 뽑은 검이 무색할 지경이었다.

주태가 자신의 왼팔을 가리켰다.

"저는 살짝 베였습니다!"

"밥 먹으면 낫는다."

"아, 예."

이환은 곽충무가 있는 곳을 돌아봤다.

여러 명의 적장이 그의 앞에 무릎을 꿇고 있었다. 곳곳에서 산발적으로 이어 가던 적의 저항도 거의 막바지를 향해 치닫고 있었다.

실로 완벽한 압승이었다.

이환은 눈을 한 움큼 집어 입에 털어 넣으며 중얼거렸다.

"출발이 나쁘지 않군."

"너무 쉽게 당한 걸 보면 아군이 기습 공격을 올 것을 전혀 예상하지 못한 것 같습니다."

"언제나 먼저 도발을 한 건 조나라였다. 이번에도 자신들이 움직이지 않으면 아무 일도 일어나지 않을 거라 방심했겠지. 게다가 눈까지 이렇게 쌓였으니."

"여기 있던 조나라 무림인들도 예상보다 많이 약했습니다."

"같은 맥락에서 보면 될 거다. 여길 중요하게 여겼다면 더 강한 놈들을 배치했겠지."

"본영은 다르겠지요?"

"물론이다."

이환은 곽충무가 있는 곳으로 올라갔다.

곽충무를 비롯한 장수들이 그를 향해 허리를 숙였다.

"압승입니다, 대군!"

"지금쯤이면 적의 본영에서 병력이 떠났을 테니 이쯤에서 돌아가는 게 좋지 않겠소?"

"포로들은 어찌하면 좋겠습니까?"

"군영에 포로들을 가둬 둘 만한 공간이 충분하오?"

"부족해도 만들어야 하지 않겠습니까?"

"굳이 그럴 필요까지야."

이환은 투항한 적장들을 응시했다. 그러고는 일반 무사들이 있는 곳으로 시선을 돌렸다.

대략 백여 명쯤 될까?

'공포만큼 무서운 무기는 없는 법. 하지만 자비만큼 강력한 무기도 없는 법.'

생각을 바꾼 이환은 곽충무를 돌아보며 물었다.

"저들을 가둘 군막을 칠 재료는 충분하오?"

"예. 충분합니다."

"그럼 끌고 갑시다. 투항을 한 적을 죽일 순 없지 않겠소?"

"알겠습니다."

철무옥과 주태가 서로를 쳐다보며 눈을 동그랗게 치떴다. 그들은 이환의 입에서 모두 죽이라는 명령이 나올 것이라 확신하고 있었다.

[왜 저러시지?]

[이유가 있으시겠지.]

둥둥둥!

회군을 알리는 북소리가 울렸다.

회군하는 길에 이환의 주변을 호위하는 무림인은 더 이상 없었다.

한편, 화령은 이환의 뒷모습에서 눈을 떼지 못했다.

'전투 한 번에 총사를 비롯한 장수들이 대군을 인정해 버렸어. 이건 무공보다 더 위험한 능력인데…….'

이환의 강력한 무력에도 오히려 재밌겠다며 웃음 짓던 화령의 눈빛이 처음으로 무겁게 변했다.

불안감을 느낀 것이다. 어쩌면 자신이 원하는 것을 얻지 못할 수도 있겠다는.

"술 좀 줘 봐."

"여기."

화령은 수하가 건넨 술을 단숨에 비웠다. 하필 뒤에서 바람이 불어와 주향이 앞에서 이동하던 고미의 후각을 자극했다.

그녀가 화령을 돌아봤다.

둘의 시선이 또다시 얽혀 들었다.

[작전 중에 술은 대군만 가능하다는 걸 명심하세요.]

고미의 싸늘한 전음성에 화령은 두 손을 슬쩍 들어 보이며 빙그레 웃었다.

[몰랐어요. 이제부터 명심하죠.]

고미가 고개를 돌렸다.

화령의 입가에서 미소가 싹 가셨다.

'자꾸 까불면 너부터 죽일 거야?'

서부전선.

조나라의 기습 부대와 한바탕 전투를 치른 서부군단은 병력을 국경 바로 앞까지 진격시켰다.

그곳에 태자 이소도 있었다.

휘이잉!

북부군단보다 한참 남쪽임에도 서부전선은 눈보라가 강하게 휘몰아쳤다. 이소는 관지백과 나란히 서서 적진을 바라보며 눈빛을 가라앉혔다.

"기습 공격 한 번으로 그칠 적이 아닌데, 어째 너무 조용하구나."

"정찰에 나선 무사들이 단 한 명도 돌아오지 못했습니다. 아마도 저 산악 지역에 적이 도사리고 있는 것 같습니다."

이소는 순백의 세상으로 변해 버린 광활한 산악 지대를 응시했다. 한때는 연나라의 영토였지만 수십 년 전에 조나라에게 빼앗긴 역사가 있는 그곳은 조용해도 너무 조용했다.

"다른 전선도 전투가 시작되었을까?"

"폭설로 인해 소통이 원활하지가 않아 사령부에서도 다른 전선의 소식을 접하지 못하는 것 같습니다. 그렇다고 사람을 보내자니 거리가 너무 멀어서……."

"북부군단과 마주하고 있는 적도 정예 중의 정예라고 들었는데……."

이소는 이환을 걱정하고 있었다.

그가 채 쉰 명도 되지 않는 측근들을 데리고 갔다는 말을 들어서 걱정이 더 컸다. 그나마 다행인 건 북부군단의 총사 곽충무가 황후와 이황자 쪽이 아니라는 점이었다.

물론 그렇다고 해서 자신의 편도 아니었다.

"대군은 걱정하지 마십시오. 강인한 분이니 어떤 난관이 닥쳐도 능히 헤쳐 나오실 겁니다."

"후우……."

이소의 입술을 뚫고 입김이 흘러나왔다.

그때였다.

뒤에서 장수 두 명이 다가왔다.

"전하."

"어쩐 일인가?"

"총사를 비롯한 주요 장수들이 논의한 결과, 반격에 나서기로 하였다고 합니다. 진격 시간은 아마 반나절 후가 될 듯하옵니다."

"반나절 후면 야밤에 기습하겠다는 것인가?"

"예."

이소는 이해할 수가 없었다.

아무리 혹한의 날씨에 적응이 되어 있는 무사들이라도 야밤에 공격한다는 건 많은 위험이 따를 수밖에 없었다. 만에 하나 적이 대비하고 있다면 돌이킬 수 없는 결과로 이어질지도 모른다.

"총사는 전하께서 일군을 이끌어 주시기를 기대하고 있습니다."

장수의 그 말에 관지백의 눈에서 불꽃이 일었다.

"뭐라? 정녕 총사가 그리 말했단 말이냐?"

"전하께서 직접 군을 이끌어 주시면 군단의 사기가 높아질 거라면서……."

관지백이 성난 얼굴로 이소를 향해 말했다.

"전하! 이는 전하를 위험에 빠트리려는 황후의 계략입니다! 받아들이지 마시옵소서!"

뜻밖에도 이소는 담담했다.

"다른 장수들도 동의하였는가?"

"반반이었습니다."

이소의 입가에 쓴웃음이 걸렸다.

"그래도 절반의 장수가 반대하였다니 다행이구나. 온전히 다 황후를 지지하는 줄 알았더니 그 정도는 아니었어."

그는 관지백을 향해 말을 이었다.

"일단 총사를 만나 보자꾸나."

"만나실 필요도 없습니다! 그냥 거부하시면 될 일입니다, 전하!"

"그래도 그럴 수야 있나. 어서 따르거라."

이소는 곧장 사령부가 있는 곳으로 향했다. 뒤를 따르는 관지백의 얼굴이 분노로 인해 붉게 달아올랐다.

'총사와 그 측근들이 드디어 흉심을 드러내는구나.'

사실 지금까지 별다른 일은 없었다. 총사를 비롯한 모든 장수가 형식적으로나마 이소를 극진히 대했고, 거처도 가장 안전한 곳에 마련해 주었다. 하여 관지백은 어느 정도 마음을 놓고 있었다.

'간악한 놈들…….'

잠시 후 이소는 사령실로 들어갔다.

두 명의 장수가 자리에서 일어나며 머리를 조아렸다. 서부군단의 총사와 부장이었다.

"내게 일군의 지휘를 맡기겠다고 하였소?"

"송구하오나 장수들은 전하께서 친히 나서시어 군단의 사기를 높여 주실 것을 간곡히 바라고 있습니다. 이에 총사로서 그들의 뜻을 존중할 수밖에 없었음을 부디 유념하여 주십시오."

"하면 반격에 나설 병력의 규모는 정하였소?"

"기습 작전에서 가장 중요한 것이 기동력이라, 정예 일만으로 정하였습니다."

관지백이 참지 못하고 나섰다.

"이십만에 달하는 적을 기습하는 데 고작 일만이라니! 총사는 정녕 이게 말이 된다고 생각하시오?!"

"물러서라, 지백."

이소가 관지백을 꾸짖었다.

그러고는 총사를 향해 단호한 어조로 말했다.

"알겠소. 나라의 태자가 되어 군단의 사기를 위해서라면 무슨 일인들 못하겠소? 단, 정병 이만을 데려갈 것이니 진격 시간까지 준비를 마쳐 주시오."

"전하!"

"물러서래도."

관지백은 금방이라도 검을 뽑을 것처럼 분노했다. 하지만 이소는 무슨 생각인지 지극히 담담한 기색을 유지했다.

총사가 머리를 조아렸다.

"전하의 뜻을 받들겠습니다. 하면 정병 이만을 준비토록 하겠습니다."

총사가 뒤이어 한 장의 지도를 건넸다.

"적의 방어 진지를 상세하게 그려 두었습니다. 붉게 표시된 지역이 상대적으로 경계가 허술하니 그곳을 타고 이동하십시오."

"참고하겠소."

이소는 지도를 챙겨 사령실을 나섰다.

관지백이 곁을 따르며 애써 감정을 억눌렀다.

"어찌하시어 황후의 계략임을 알면서 수락하셨습니까?"

"한 번은 나서야 하지 않겠나. 그게 오늘일 뿐이니 흥분을 가라앉히거라."

"……!"

이소의 눈빛이 차갑게 굳어 갔다.

"적이 아니라 황후마마를 향한 반격이 될 것이니 함께 온 자들을 모두 준비시켜라."

"그게 무슨……."

"가면서 말해 줄 테니 어서 서둘러라."

"……알겠습니다."

관지백이 먼저 뛰어갔다.

이소는 관지백의 뒷모습을 응시하며 지그시 입술을 깨물었다.

'절대 어마마마의 뜻대로 되지는 않을 것입니다. 이후 서부군단의 누구도 감히 내 앞에서 머리를 들지 못하게 하고야 말 것입니다.'

그때였다.

"전하!"

장수 한 명이 뛰어왔다. 각 군과의 정보를 담당하는 장수였다.

"북부군단에서 전서가 왔습니다."

"그래?"

이소는 장수가 건넨 전서를 즉각 펼쳤다. 전서는 이환이 보낸 것이었고, 서두는 안부를 묻는 내용이 전부였다.

이소의 얼굴에 이내 미소가 번졌다.

'역시 너는 잘해 내고 있구나. 이 형도 너처럼 꿋꿋하게 잘 버텨 보마.'

이소는 전서를 품속에 챙겼다.

보통은 태워 없앴으나 이 전서만큼은 소중히 간직하고 싶었다.

그날 저녁,

이소는 이만의 정예를 이끌고 기습 작전에 나섰다. 총사를 비롯하여 배웅에 나선 장수들의 표정이 제각각이었다.

하지만 대부분은 마치 원하는 것을 얻은 사람들처럼 흡족해하는 표정이었다.

물론 황후와 이태지를 지지하는 자들이었다. 반면 이소와 함께 작전에 나선 장수 대부분은 이소를 지지하는 쪽이었다.

그들은 평소에도 총사 쪽과 마찰을 빚어 왔었다. 그래서일까?

떠나는 이소와 무사들을 지켜보는 총사의 얼굴에서 후련해하는 빛이 다분했다.

7장
태자 이소의 결기

"나를 원망하지 말거라."

서걱!

이소의 검에 한 장수의 머리가 떨어졌다. 장수는 황후를 추종하던 서부군단 소속의 장수였다.

또 다른 장수가 경악하며 뒤로 몸을 날렸다. 하지만 그곳에는 관지백이 있었다.

관지백의 검이 허공을 갈랐다.

퍽!

장수는 비명조차 지르지 못하고 목이 날아갔다. 관지백이 이소의 곁으로 다가갔다.

"총사가 붙여 놓은 눈은 모두 제거했습니다."

"더 찾아보고 있으면 모두 제거한다."

"알겠습니다."

관지백이 전장으로 달려 나갔다.

이소는 혈전이 벌어지고 있는 전장을 바라봤다. 조금 전부터 시작된 적과의 전투는 이미 막바지를 향해 치닫고 있었다.

이소는 일부러 난전을 유도했다.

물론 총사가 붙여 놓은 눈을 제거하기 위함이었고, 결과는 성공적이었다.

난전을 이용해 모두 은밀하게 제거했기에 아무도 눈치채지 못했다.

'압승을 거둬야 한다. 나와 함께 온 무사들이 나를 인정하지 않을 수 없을 정도로.'

치르릭!

이소의 검이 다시 강기를 머금었다.

그의 주변을 철통처럼 에워싼 무림인들이 그와 보조를 맞춰 전장으로 향했다.

전투가 시작된 이후, 이소를 향한 여러 차례의 공격이 있었으나 누구도 그들의 방어망을 뚫지 못하고 쓰러졌다.

그들은 잔혹했으며 무자비했다.

이소가 좌측의 인물을 향해 명령을 내렸다.

"가서 적장의 목을 베어 가져오너라. 최대한 많이!"

"예! 전하!"

"가자!"

파파팟!

명령이 떨어지자 열 명의 무림인이 전장을 향해 몸을 날렸다. 이소는 천천히 전장을 향했다.

"우와악!"

"쳐라!"

적들이 달려들었다.

하지만 이소의 주변을 에워싼 무림인들은 철벽 그 자체였다.

번쩍!

퍼퍽!

"크악!"

"끄아악!"

용케 호위망을 뚫고 들어선 적의 무림인이 있었다. 하지만 그는 이소의 일검조차 받아 내지 못하고 두 동강이 나며 꼬꾸라졌다.

이소는 공력을 실어 외쳤다.

"한 놈도 살려 두지 말고 모조리 도륙하라!"

파스스!

그의 주변에서 눈가루가 치솟았다.

목소리에 담긴 공력 때문이었다.

이소는 관지백을 찾았다. 관지백은 멀지 않은 곳에서 맹렬하게 칼춤을 추고 있었다.

그는 양 떼 속으로 뛰어든 한 마리 호랑이였다. 새파란 강기가 번뜩이면 어김없이 적 하나가 꼬꾸라졌고, 용케 막았다 싶으면 검과 함께 두 동강이 나 버렸다.

'그래, 오늘만큼은 실컷 울분을 토해도 좋다.'

그때 이소의 눈에 아군을 상대로 맹위를 떨치는 적장의 모습이 비수처럼 파고들었다.

적장 주변의 무림인들도 하나같이 고수였고, 그로 인해 아군의 시신이 주변에 가득했다.

"연나라 잡종들! 모조리 골통을 부숴 주마!"

"쳐라!"

"크악!"

"으아악!"

이소의 두 눈에서 은은한 살광이 피어올랐다.

뒤이어 땅을 박차고 뛰어오르자, 무림인들도 일제히 허공으로 솟구쳐 올랐다.

퍼퍼퍽!

이소가 밟고 지나간 적의 머리가 수박처럼 터져 나갔다. 그들은 영문도 모른 채 피 구덩이 속으로 꼬꾸라졌다.

우우웅!

이소의 검이 갑자기 쭉 늘어났다.

강기가 커지면서 일어난 현상이었다.

마침 적장이 이소를 발견하고는 황급히 방향을 틀었다.

동시에 이소의 검이 허공을 갈랐지만, 적장이 이소의 검을 막아 냈다.

꽈앙!

파파팟!

"우악!"

"크억!"

주변에 있던 자들이 여파에 휩쓸려 피를 뿌렸다.

경악한 적장이 두 눈을 부릅떴다.

하지만 이소는 틈을 주지 않았다.

번쩍!

꽈앙!

"크윽!"

두 번째 공격까지 막아 낸 적장의 입에서 신음이 터졌다.

휘청이며 뒤로 물러서는 적장의 앞을 무림인들이 막아섰다.

"물러서라."

화아악!

이소의 전신에서 가공할 기운이 일어나며 무림인들을 뒤로 밀어냈다.

번쩍!

"으악!"

"크아악!"

이소는 앞을 막아섰던 무림인들을 처치하고 그 뒤에서 자세를 잡아 가던 적장을 향해 뛰어들었다. 적장이 두 눈을 한껏 치뜨며 괴성을 질렀다.

"우아악!"

이소는 가슴을 향해 날아드는 적장의 검을 피하지 않고 받아쳤다.

꽝!

"컥!"

적장의 입에서 피가 튀었다.

더불어 검을 쥔 오른팔이 팔꿈치에서부터 뚝 부러졌다.

서걱!

이소는 곧장 적장의 다리를 잘라 버렸다. 한쪽 다리가 잘린 적장이 휘청거리며 쓰러졌다.

파팟!

이소는 검 끝으로 적장의 혈도를 제압했다.

"이자를 군영으로 끌고 갈 것이다."

"예!"

무림인 하나가 적장을 어깨에 둘러멨다.

삐이익! 삐이익!

호각성이 곳곳에서 날카롭게 울렸다. 뒤이어 적들이 도주하기 시작했다.

이소의 입에서 사자후가 터졌다. 그것은 아주 잔혹한 명령이었다.

"쫓아가서 모조리 도륙하라!"

"쫓아라!"

"모조리 죽여 버려!"

"으아아아!"

휘리릭!

관지백이 이소의 곁으로 떨어져 내렸다.

"전하!"

"나는 괜찮다."

"하지만 피가……."

"내 피가 아니니 걱정하지 말거라."

이소는 관지백의 몸을 살폈다.

관지백은 머리끝에서 발끝까지 피를 뒤집어쓰고 있었다. 그가 웃으니, 치아가 유독 하얗게 빛났다.

"소장도 괜찮습니다!"

휘리릭!

이소의 특명을 받고 떠났던 무림인들이 속속 돌아왔다. 저마다 손에 피가 뚝뚝 떨어지는 수급을 들고 있었다.

"끄어어……."

한쪽 다리를 잃고 사로잡힌 적장이 괴성을 내며 울부짖었다.

"술 좀 다오."

"여기 있습니다, 전하."

이소는 무림인 하나가 건넨 술로 목을 축이고는 관지백에게 병을 건넸다.

관지백이 남은 술을 마저 비웠다.

"압승입니다, 전하."

"그만 무사들을 불러들여라."

"무사들을 불러들여라!"

삐이익! 삐이익!

적을 쫓아갔던 무사들이 돌아오기 시작했다. 몇몇 장수들이 이소의 곁으로 뛰어왔다.

"전하! 괜찮으시옵니까!"

"나는 괜찮으니, 속히 부상자들을 수습하게. 적의 본영이 멀지 않으니 서둘러 돌아가야 할 것일세."

"예! 전하!"

와아아!

모여드는 무사들이 함성을 질러 댔다.

압승의 기쁨은 무엇과도 견줄 수 없는 것. 이소는 무사들을 바라보며 눈빛을 가라앉혔다.

"태자 전하 만세!"

"만세!"

이소가 손을 치켜들자, 함성이 멈췄다.

이소는 무사들을 향해 공력을 담아 나지막이 외쳤다.

"오늘 이곳에 있는 너희 모두는 앞으로 과인과 함께할 것이다. 그렇게 하겠느냐?"

"예에!"

"나 이소의 검이 되어 주겠느냐!"

"예에!"

산천초목이 쩌렁쩌렁 울렸다.

그 기세는 미처 멀리 도주하지 못한 적들이 기겁하며 쓰러질 정도였다.

관지백이 웃었다.

"으흐흐."

아주 이상한 웃음이었다.

참혹했던 전장으로 들어서는 자들이 있었다.

놀랍게도 그중에는 황보세가의 가주 황보태진과 유령곡주도 있었다.

아무것도 이루지 못한 채 조나라로 돌아간 유령곡주는 다행히 서남왕의 휘하에 들 수 있었다. 하여 자진해서 이곳으로 올라온 것이다.

그런데 무리를 이끄는 자는 따로 있었다.

오십 대 초반쯤 되었을까?

뱀이 사람의 모습을 한다면 아마 이런 모습이리라. 피보다 진한 혈포를 걸친 그가 전장을 둘러보며 미간을 찡그렸다.

"그들이 말한 공격 지점은 분명 일차 방어 진지였는데, 어째서 이곳을 공격했단 말인가."

"저쪽에서 일부러 속인 것이 아니겠습니까!"

"그럴 리가 없다. 우리보다 그들이 더 태자의 죽음을 원하고 있다."

혈포인의 시선이 한 곳에 이르러 멈췄다. 시신이 가득한 한쪽에, 잘린 다리 하나와 검이 떨어져 있었다.

이소가 사로잡아서 끌고 간 장수의 검이었다.

혈포인이 손을 흔드니 검이 저절로 허공을 날아와 그의 손에 쥐였다.

척!

꿈틀.

혈포인의 눈썹이 칼날처럼 휘어졌다.

"설마 사로잡혔단 말인가?"

"이 검은……."

검을 알아본 자들이 일제히 놀랐다. 황보태진과 유령곡주도 서로를 쳐다보며 적잖이 놀란 모습을 내비쳤다. 검의 주인은 모두가 알아주는 고수였고, 혈포인이 아끼던 심복이었다.

혈포인이 말없이 동쪽을 응시했다.

그런 그의 두 눈이 핏빛 살광으로 가득했다.

"곧 열 배, 백배로 갚아 주마."

파스스…….

혈포인의 주변에서 눈가루가 마구 치솟았다. 주변의 모두는 눈가루를 하얗게 뒤집어쓴 채로 미동조차 하지 못했다.

회군하는 길에 관지백이 물었다.

"총사, 그자를 내버려두실 겁니까?"

"태자를 죽이려 한 자, 그냥 내버려둔다면 이 땅의 누가 황실의 위엄을 인정하려 들겠느냐. 돌아가면 즉시 총사의 목부터 벨 것이다."

"총사를 따르는 장수들이 방관하진 않을 겁니다."

"아니, 그들은 절대 나서지도 못한다. 내가 그렇게 만들 것이다."

관지백은 이소의 두 눈에 어린 단호함을 보았다. 지금껏 이소와 함께하면서 이런 강렬하면서도 결기 어린 눈빛은 처음이었다.

그래서 마음이 놓였다.

'점점 감춰 두셨던 내면을 드러내고 계신다.'

"아군이 돌아오고 있습니다!"

느긋하게 찻잔을 기울이고 앉았던 서부군단 총사 진성주의 입가에 의미심장한 미소가 감돌았다.

"이제 이 전쟁도 곧 막을 내리겠군."

그가 찻잔을 내려놓으며 물었다.

"회군하는 병력의 수는 어느 정도나 되더냐?"

"그게, 거의 손실 없이 돌아오는 중이라고 합니다."

"뭐라? 손실이 거의 없어?"

"일단 올라온 보고에 의하면 그렇습니다. 눈보라 때문에 잘못 확인한 걸 수도 있으니 소장이 가서 확인해 보겠습니다!"

장수가 밖으로 나갔다.

진성주는 인상을 그리며 중얼거렸다.

"보고가 잘못되었겠지. 몇 배에 달하는 병력이 기다리고 있었을 텐데 그럴 리가 있나."

"태자는 과연 어떻게 되었을까요?"

"전사하면 영웅, 살아서 돌아오면 천하의 비웃음거리가 될 테지. 소중한 이만의 병력을 적에게 피의 제물로 바치고 자신만 살겠다고 도망쳐 온 무능한 태자라면서 말이야. 후후후."

하지만 진성주는 웃으면서도 찝찝함을 떨치지 못했다. 거의 손실 없이 회군하고 있다는 첫 보고가 왠지 거슬렸다.

'그럴 리가 없다. 몇 배에 달하는 조나라의 정예를 전투 경험이 거의 없는 태자가 감당할 순 없을 터. 분명 잘못 올라온 보고일 것이다.'

진성주는 다시 찻잔을 입으로 가져갔다. 그때 상황을 파악하러 나갔던 장수가 돌아왔다.

"확인하러 간다더니 왜 돌아온 것이냐?"

"총사! 뭔가 잘못된 것 같습니다!"

"잘못되다니? 무엇이 말이냐?"

"아군이 공격한 곳이 조나라의 일차 방어 진지가 아니라 다른 곳이었다고 합니다!"

"뭐라!"

퍼석!

진성주가 벌떡 일어서면서 손에서 떨어진 찻잔이 산산조각이 나며 흩어졌다.

바르르…….

진성주의 얼굴에 경련이 일었다.

"다른 곳을 공격하다니, 어떻게? 왜!"

그때였다.

"컥!"

"으악!"

막사 밖에서 비명이 울렸다.

돌연한 상황에 진성주와 함께 있던 장수 두 명이 황급히 밖으로 향했다.

하지만 그들은 밖으로 나가지 못했다.

문을 열고 들어서는 이소 때문이었다.

"……!"

번쩍!

퍼퍽!

두 개의 잘린 머리가 바닥으로 떨어졌다. 그리고 보고하던 장수의 가슴을 뚫고 검이 삐져나왔다.

퍽!

"컥!"

"내가 빨리 돌아와서 많이 놀란 모양이군. 아니지. 살아서 돌아온 게 믿기지 않았을 테지."

서부군단의 장수들에게 사령실로 모이라는 명령이 전달되었다. 속속 들어서던 장수들은 하나같이 경악했다.

총사 진성주가 포박당한 채 무릎을 꿇고 있었고, 그 뒤의 의자에 이소가 앉아 있었다.

장수들이 들어서자 관지백이 문을 닫아걸고 무림인들이

문 앞을 막아섰다.

"전하……."

장수들은 아연실색하며 이소와 진성주를 번갈아 응시했다. 얼굴이 벌겋게 달아오른 진성주가 뭐라 말하려고 했지만, 아혈을 제압당한 까닭에 소용이 없었다.

관지백이 장수들을 향해 싸늘히 말했다.

"해검한다. 실시."

"……!"

"따르지 않는 자는 반역으로 간주할 것이다."

철그럭! 챙그랑!

장수들이 일제히 검을 풀어 바닥에 내려놓았다. 하지만 몇몇 장수는 여전히 머뭇거렸다.

진성주의 최측근들이었다.

이소가 그들을 향해 무심히 말했다.

"구족 참화의 변을 당하고 싶은가? 그걸 원한다면 끝까지 검을 들고 있거라."

"……!"

철그럭! 철그럭!

비로소 검을 내려놓는 장수들.

이소가 밖을 향해 나지막이 외쳤다.

"들어오너라."

덜컹!

문을 열고 장수 한 명과 다섯 명의 무사가 들어섰다.

"너희들이 본 것을 소상히 말하라."

"예! 전하!"

장수가 다른 장수들을 향해 설명을 시작했다.

"소장은 기습 작전에 앞서 공격 지점이었던 조나라의 일차 방어 진지를 정찰하라는 전하의 명령을 받고 떠났습니다. 가서 살펴보니 총사가 알려 준 정보가 모두 거짓임을 확인할 수 있었습니다."

장수들이 술렁거렸다.

"적은 아군이 올 것을 미리 알기라도 한 것처럼 평소보다 몇 배에 달하는 병력으로 철저히 대비하고 있었습니다. 만약 총사가 건넨 정보만 믿고 그곳으로 갔더라면 아군은 궤멸을 면치 못했을 것입니다."

장수가 밖을 향해 외쳤다.

"끌고 오너라!"

모두가 문을 주시했다.

잠시 후 피투성이가 된 조나라 무사 두 명이 끌려 들어왔다.

이소가 그들을 향해 물었다.

"우리가 그곳을 공격할 것을 어떻게 알았느냐?"

"소인들은 잘 모르는 일입니다. 다만 며칠 전부터 본영을 지켜야 할 병력이 자꾸 들어오길래 이유를 물어봤더니,

곧 있으면 연나라가 기습을 해 올 거라고 했습니다."

다른 자가 두려움에 떨며 말했다.

"여, 연나라의 태자가 올 거라면서 본영의 무림인들도 다수 들어왔습니다!"

"뭣이?!"

"조나라가 그걸 어떻게!"

장수들이 크게 술렁거렸다. 그중의 몇 명은 진성주를 응시하며 고개를 떨궜다.

이소가 입을 열었다.

"과인이 친정에 나서는 건 어제 주요 지휘관 회의를 통해 결정되었다. 한데 적은 이미 며칠 전부터 내가 갈 것을 알고 있었다. 이게 무엇을 의미하는지는 그대들도 모르지 않을 터."

"하면 총사가 적과 내통했다는 말이옵니까?"

"총사가 하지 않았다면 그대들 중에 누군가가 했겠지."

"……!"

이소의 눈빛이 싸늘히 식어 갔다.

"과인의 친정에 찬성한 자들은 앞으로 나오라."

몇몇 장수가 낯빛이 하얗게 변했다.

"죄를 묻고자 함이 아니니 어서 나오라."

비로소 몇몇 장수가 앞으로 나섰다. 이소가 그들을 싸늘히 응시하며 한 장수에게 전음성을 날렸다.

[총사가 적과 내통하였음을 실토하라. 그리고 과인에게 충성을 맹세하라. 하면 용서할 것이다. 이는 태자로서 하는 약속이니 믿어라.]

파르르…….

전음성을 받은 장수의 얼굴이 경련을 일으켰다. 심한 갈등에 두 눈마저 세차게 흔들렸다.

하지만 그 시간은 오래가지 않았다.

쿵!

장수가 바닥에 무릎을 꿇었다.

군인의 본분을 내팽개치고 정치와 결탁했던 진성주의 모든 것이 무너지는 순간이었다.

폭설이 그치고 간간이 흩날리던 눈발마저 말끔히 걷힌 세상은 눈부시도록 아름다웠다.

"멋지네."

고미는 순백의 세상이 만들어 낸 절경에 잠시 취했다.

하지만 운취는 곧 깨졌다.

"월주, 서부군단에서 전서가 왔습니다."

비월의 무사 한 명이 들어왔다.

고미는 표정을 고치며 돌아섰다. 무사는 전서가 담긴 연통을 그녀에게 건넸다.

연통을 묶어 놓는 붉은 수실이 고미의 눈동자에 반사되었다.

'태자 전하께서 직접 전서를 보내시다니.'

붉은 수실은 태자 이소를 상징하는 일종의 표식이었다.

"대군께 다녀올게."

고미는 곧장 이환의 막사로 향했다. 군영의 한복판을 흐르는 작은 물줄기를 뛰어넘은 고미의 앞에 모습을 드러내는 이가 있었다.

화령이었다.

고미는 걸음을 멈췄다.

화령이 물었다.

"뭐 하나 물어봐도 될까요?"

"미안하지만 지금 좀 바빠서."

"잠깐이면 돼요."

"뭐죠?"

"대군과 함께 온 사람들의 명부를 확인하다가 이상한 점을 발견했는데…… 이 사람들 누구죠?"

화령이 종이 한 장을 내밀었다. 종이에는 두 명의 이름이 적혀 있었다.

조광과 파파의 가명이었다.

고미는 태연하게 대답했다.

"대군께서 사병으로 거느리고 계신 무림인인데, 뭐가 이상하다는 거죠?"

"한번 만나 볼 수 있을까요?"

"그건 대군께 직접 물어봐야 할 거 같군요. 대군께서 거느리신 사병을 이황자의 측근이 수상히 여긴다고 하면 어떻게 하실까요? 그럼."

팡!

고미는 그대로 땅을 박차고 뛰어올랐다.

그때였다.

한 줄기 섬뜩한 기운이 다리를 향해 날아드는 걸 느낀 고미는 허공에서 몸을 회전하며 땅으로 내려섰다. 그녀는 이내 검파에 손을 얹으며 싸늘히 외쳤다.

"무슨 짓이냐!"

"역시 고수셨군요. 실력이 궁금해서 시험을 해 본 것뿐이니 너무 화내지 마세요. 그럼 나중에 또 봐요."

고미는 웃으며 돌아서는 화령의 뒷모습을 매섭게 노려보았다. 하지만 당장은 이환에게 이소의 전서를 전해야 했기에 이내 돌아섰다.

한편 화령은 미간을 슬며시 찡그렸다.

'사병으로 거느린 무림인들이라고? 그러니까 더 수상하잖아.'

"후후후."

전서를 읽어 가는 이환의 입가에 미소가 맺혔다. 철무옥이 물었다.

"좋은 소식입니까?"

"태자가 서부군단을 먹어 버렸다네?"

"예?"

"그게 무슨 말입니까? 서부군단을 드시다니요?"

이환이 전서를 철무옥에게 건네자, 주태와 고미가 철무옥의 곁으로 쪼르르 다가왔다.

잠시 후 전서의 내용을 확인한 셋이 두 눈을 동그랗게 치떴다.

"역시 태자 전하께서도 큰 거 한 방을 갖고 계셨군요! 하하하!"

"이러면 더 이상 태자 전하를 걱정하지 않아도 되겠습니다."

"아직 방심은 금물이다. 당장 태자가 싸워야 할 적은 조나라니까. 뭐, 내부의 적을 제거했으니, 이전보다 상황이 훨씬 좋아지긴 했겠지."

이환은 말하다 말고 미간을 좁혔다.

붉어진 고미의 눈시울을 본 것이다.

"그렇게 좋나?"

"예, 좋습니다. 적어도 신하가 될 자들의 손에 해를 입을 일은 사라졌으니까요."

"다시 말하지만, 아직 안심하기는 이르다. 어쩌면 소식을 접한 중앙군에서 지원을 더 안 해 줄 수도 있고 황후도 지켜보지만은 않을 것이다."

"그래도 좋습니다."

"……."

이환은 이소를 향한 고미의 충성심을 새삼 확인할 수 있었다.

"가서 지필묵 좀 가져오너라."

"예."

잠시 후 이환은 축전을 써서 전서로 날려 보냈다. 이윽고 고미가 화령과의 일을 말했다.

"그 여자가 조나라 태자와 파파를 의심하고 있습니다. 일단 대군의 사병이라 둘러대기는 했는데, 아무래도 신경을 써야 할 거 같습니다."

"그냥 기회를 봐서 없애 버리시죠?"

"그것도 괜찮은 방법이지."

"하면 제가 처리할까요?"

"지금은 때가 아니다. 따로 명령을 내리기 전까지는 함부로 나서지 않도록 해."

"……알겠습니다."

이환은 겉옷을 걸치고 일어섰다.

"모처럼 군영 식당에서 밥을 먹어 볼까?"

"무사들이 불편해한다며 막사에서 드시기로 하지 않으셨습니까?"

"장수 식당으로 간다."

"……."

이환이 들어서자 막 식사를 준비하던 장수들이 일제히 자리에서 일어섰다.

총사 곽충무는 없었다.

"한 끼 얻어먹어도 되겠소?"

"어서 앉으시지요."

이환이 자리에 앉자 숙수가 요리를 갖고 왔다. 뜻밖에도 식단은 무사들이 먹는 것과 크게 다르지 않았다.

'황호 장군도 이 정도는 아니었는데.'

이환은 새삼 곽충무의 성품을 인정했다.

"찬이 보잘것없습니다, 대군."

"아니야. 이 정도면 충분해."

장수들은 그가 젓가락을 들기를 기다렸다. 이환은 그 전에 모두를 향해 한마디 했다.

“지금부터 서부군단과의 소통에 더 신경을 쓰도록 하시오. 중앙군은 여기까지 지원을 하지는 않을 것이니 그들과의 공조가 매우 중요하오. 알겠소?”

“서부군단이 소통에 미온적입니다. 저희 총사께서 몇 번에 걸쳐 전서를 보내셨지만, 지금껏 한 번도 답신을 보내오지 않았습니다.”

“지금까지는 그랬지만 이후부터는 다를 거요. 자, 식사합시다.”

식사가 시작되었다.

평소라면 시끌벅적했을 장수들이건만 이환 때문에 음식을 씹는 소리조차 울리지 않았다.

이환은 쓴웃음을 지었다.

‘여기도 오면 안 되겠군.’

그때 숙수가 술을 한 병 들고 왔다.

“반주로 드십시오, 대군.”

“술이 더 있나?”

“저희가 직접 담근 것이라 양은 충분합니다.”

“그럼 전부 한 잔씩 돌려.”

“그래도 되겠습니까?”

장수들의 표정이 확 바뀌었다.

이환은 옆 탁자의 장수에게 물었다.

"총사가 반주를 허락하지 않았소?"

"아닙니다. 몇 잔씩은 괜찮다고 하셨습니다."

"그런데 오늘은 왜?"

그때 고미의 전음성이 흘러들었다.

[대군께서 들어오실 때 다들 술병을 탁자 밑으로 감췄습니다.]

이환의 시선이 자연스럽게 탁자 밑으로 향했다. 과연 다리와 의자 사이에 술병이 있었다.

[앞으로도 식사는 그냥 막사에서 하시는 게 좋을 것 같습니다.]

[여기서도 민폐인가?]

[예. 그런 것 같습니다. 대군께서는 누구에게나 어려운 분이시니까요.]

"……."

만화궁.

전서를 읽어 가는 황후의 표정이 점차 일그러졌다. 전서에는 서부군단에서 벌어진 사건에 대한 내용이 상세하게 담겨 있었다.

팟!

전서가 한 줌 재가 되어 흩날렸다.

황후는 의자에 머리를 기대며 허탈하게 웃었다.

“그래도 아비의 피를 이어받았다고 한가락 감춰 둔 재주는 있었던 모양이구나.”

“그게 무슨 말씀이신지요?”

황후의 앞에 서 있던 한 중년인이 조심스럽게 물었다.

“진성주, 놈이 태자에게 당했다는구나. 적의 칼을 빌려 태자를 처치하려다가 되레 제 꾀에 넘어간 게지.”

“……진 장군이 죽었습니까?”

“적과 내통한 사실이 밝혀졌으니 죽음은 당연한 것. 놈은 그렇다 쳐도 놈 주변의 무림인들은 대체 무엇을 한 건지. 쯧쯧쯧.”

혀를 차는 황후.

뜻밖에도 그녀는 크게 분노한 것 같지는 않았다. 그저 작은 뭔가를 잃어버린 정도라고나 할까?

중년인은 그녀의 그러한 반응이 의아했다.

“서부군단을 태자가 장악했다면 모든 계획을 전면 수정해야 하지 않겠는지요?”

“우리의 계획은 여기까지. 이후부터는 조나라에 맡겨야 한다. 여기서 더 뭔가를 하려 했다가 잘못되면 되레 우리가 역풍에 휘말릴 수 있다. 이 나라의 대신들 중 절반은 여전히 태자를 지지하고 있으니까.”

황후는 의자에 기댔던 몸을 세워 탁자 위의 찻잔을 들었다.

딸그락.

"조나라 서남왕도 여기까지 와 놓고 그냥 없던 일로 할 순 없을 터. 하면 태자가 있는 서부군단에 전력을 집중하려고 들 테지. 벌써 그런 움직임이 있다고 들었으니 결과는 달라지지 않을 것이다."

"그렇습니다. 서부군단과 머리를 맞댄 지역에 거의 삼십만에 달하는 대군이 집결했다는 첩보를 이미 입수하였습니다."

중년인의 그 말에 황후의 입가에 싸늘한 미소가 떠올랐다.

"조국을 위해 싸우다가 장렬히 산화한 태자. 어쩌면 그게 우리와 놈에게 더 좋은 결과가 될지도. 후후후."

황후는 찻잔을 비우고 다른 걸 물었다.

"화령에게서는 아직 연락이 없는 것이냐?"

"예. 지금껏 아무 연락조차 없는 걸 보면 상황이 좋지 않은 거 같습니다."

꿈틀.

"한 번도 연락이 없었단 말이냐?"

"예. 마마. 사실 화령은 감히 마마조차도 어려워하지 않는 아이이지 않습니까? 놔두면 머리 위로 기어오를 아이이니 지금이라도 다른 사람을 보내어 그 교만함을 고쳐 주어야 합니다."

"일이 어떻게 돌아가는지 보고는 해야 하거늘. 며칠이 지났는데 전서조차 보내지 않아? 네 말처럼 아무래도 다른 사람을 보내야겠어. 그나저나 조나라의 움직임은 확인하고 있느냐?"

"북부군단이 먼저 기습 공격을 가해 조나라의 최전방 방어선을 무너뜨렸다고 합니다. 한데 그 작전에 사황자가 직접 나섰다고 합니다."

꿈틀.

"왜 그걸 이제야 보고하는 것이냐?"

"중요하지 않다고 판단하였습니다. 죄송합니다."

머리를 조아리는 중년인.

황후의 두 눈에 노기가 어렸다.

"태자만큼 중요한 놈이 사황자이니라! 놈이 그곳에서도 군심을 얻는다면 태자보다 더 성가신 방해물이 될 수도 있으니, 오늘부터 놈의 일거수일투족을 빠짐없이 보고하거라!"

"알겠습니다, 마마."

딱!

황후가 손가락을 튕기니 뒤쪽 벽이 갈라지며 한 흑포인이 유령처럼 모습을 드러내었다.

"네가 북부군단으로 가 줘야겠다. 가서 사황자, 놈의 숨통을 끊어 버려라. 그리고 화령, 그 아이는 네가 통솔하도록 해.”

“화령은 제 말을 들을 아이가 아닙니다, 마마.”

흑포인의 그 말에 황후가 품속에서 뭔가를 꺼내어 내밀었다.

“이걸 보여 주면 너를 하늘처럼 따를 것이다. 혹시라도 따르기를 거부한다면 네가 알아서 처리하거라.”

“존명!”

찻잔에서 올라온 수증기가 화령의 얼굴을 가렸다. 차향을 즐기는 그녀에게는 조금의 조급함도 느껴지지 않았다.

‘흥미로운 사람이야. 죽이기에 아주 아까울 정도로.’

함께한 며칠 동안 화령은 이환에게서 묘한 흥미를 느꼈다. 지금껏 그녀가 상대했던 그 누구에게서도 느끼지 못한 묘한 감정이었다. 물론 남녀 간에 일어나는 그런 종류의 감정은 절대 아니었다.

‘허수아비 대군에서 금군의 수장으로, 그러더니 이제는 황후마마가 견제할 만큼 대단한 존재로 부각했어. 이런 서사는 흔치 않은 것인데.’

황후가 그녀에게 내린 명령은 조광을 찾는 것만은 아니었다. 흔적조차 남기지 않고 완벽하게 이환을 제거하는 것. 그 역시 화령에게 주어진 임무였다.

하지만 그럴 기회가 없었다. 누가 죽였는지 모르게 해야 하는데, 그럴 만한 기회가 아직 주어지지 않았다.

물론 서두르고 싶지 않은 화령의 느긋함도 한몫했다.

'강기를 머금은 검을 사람과 함께 베어 버릴 정도의 고수일 줄 누가 알았겠어.'

전장에서 보여 준 이환의 무공은 놀라울 정도로 강력했다. 하지만 화령이 두려움을 느낄 정도는 아니었다. 그녀는 지금도 이환을 죽일 수 있을 거라 자신하고 있었다.

'그게 당신이 지닌 실력의 전부라면 결코 제 상대는 되지 못한답니다, 대군 나리.'

화령은 웃으며 찻잔을 입으로 가져갔다.

그때였다.

여무사 한 명이 들어섰다.

"부장께서 오셨습니다."

"모셔."

잠시 후 곽충무의 부장이 들어섰다. 화령은 자리에서 일어나 그를 맞았다.

"어서 오세요, 부장님."

"총사의 명을 전하고자 왔소."

"제게 말인가요?"

"그렇소. 곧 정찰대가 적진으로 들어가는데, 당신들이

그들과 함께 가 줬으면 하시오."

화령은 곱게 미간을 좁혔다.

그러더니 이내 특유의 미소를 머금었다.

"알았어요. 총사의 명이시니 따르겠어요."

"하면 반 시진 후에 사령실로 오시오."

"무림인은 저희만 가나요?"

"군단 소속의 무림인 몇 명이 함께할 거요."

"알겠어요. 그럼 반 시진 후에 뵙죠."

부장이 돌아가고 화령은 다 식은 차를 한입에 비웠다.

탁!

여무사가 물었다.

"왜 또 저희에게 이런 임무를 맡기는 걸까요?"

"모르겠어?"

"예?"

"그냥 대놓고 갈구는 거잖아. 우리가 황후마마 쪽 사람이라서. 아마 대군의 입김이 작용했겠지?"

"언제까지 이렇게 당하고 계실 겁니까?"

"어쩌겠어. 완벽한 기회가 오기 전까지는 하라면 할 수밖에. 좀 잘 테니까 반 시진 후에 깨워 줘."

"……예."

화령은 대나무를 엮어서 만든 침상에 몸을 눕혔다. 여무사가 그런 화령을 이해할 수 없다는 표정으로 쳐다보다가 밖으로 나갔다.

화령이 눈을 감은 채 중얼거렸다.

"어쩌면 여기 총사부터 죽여야 할지도."

화령은 꿈을 꿨다.

악몽이었다.

누군가 깨워서 눈을 떴을 때, 그녀의 전신은 식은땀으로 흥건했다.

"그만 가셔야 합니다."

"다들 기다리고 있어?"

"예."

화령은 겉옷을 걸치고 검을 챙겨 밖으로 나섰다. 여무사들이 털옷으로 단단히 무장한 채 그녀를 기다리고 있었다.

화령은 곧장 사령실이 있는 곳으로 향했다. 그러다가 몇 걸음 나아가지도 못하고 그 자리에 멈췄다.

사령실이 있는 쪽에서 이곳을 향해 걸어오는 자들이 있었다.

칠흑 같은 흑포와 청포를 각각 걸친 자들이었다. 화령은 흑포인의 얼굴을 응시했다.

'저 사람이 왜 이곳에…….'

흑포인은 황후의 그림자나 다름없는 자였다. 하늘이 두 쪽이 나도 황후의 곁을 떠나서는 안 되는 자이기도 했다.

그런 그가 눈앞에 나타났다.

'뭐지?'

잠시 후 흑포인과 청포인이 화령과 여무사들의 앞에 섰다.

처처척!

여무사들이 그들을 향해 두 손을 모으며 머리를 조아렸다.

화령도 살짝 머리를 숙였다.

"어서 오세요."

"잠시 들어가지."

"총사의 명으로 작전에 나서야 하는데……."

"총사에게 말해서 잠시 시간을 미뤘으니 들어오너라."

화령과 흑포인이 마주 앉았다. 청포인은 창가에 서서 창밖을 응시했다.

흑포인이 중얼거리듯 말했다.

"대군은 멀쩡하게 살아 있고, 조광도 아직 흔적조차 발견하지 못했고…… 이걸 과연 어떻게 받아들여야 할까?"

"직접 한번 해 보시죠?"

"변명을 아주 괴이하게 하는군."

"변명하는 거 아닌데."

화령의 눈빛이 어느새 얼음장처럼 차갑게 변해 있었지만, 흑포인은 아랑곳하지 않고 그녀를 직시했다.

"시도는 해 봤나?"

"저는 완벽한 기회가 아니면 섣불리 시도하지 않아요. 삐끗하면 황후마마께서 타격을 입으실 테니 당연히 조심할 수밖에요."

"역시 변명처럼 들리는군."

화령의 눈썹이 슬며시 올라갔다. 이내 그녀는 자리를 박차고 일어섰다.

"대화는 작전에 다녀와서 더 나누도록 하죠."

탁!

흑포인이 탁자 위에 뭔가를 올렸다. 화령의 눈빛이 한순간 가늘게 흔들림을 보였다.

"오늘부터 내가 작전을 이끈다. 네 수하들도 나의 지휘를 받게 될 것이다."

흑포인이 화령을 직시하며 물었다.

"따르겠느냐?"

"황후마마의 명인가요?"

흑포인은 대답 대신 탁자 위의 패를 눈짓으로 가리켰다. 화령의 질문에 대한 답은 그것으로 충분했다.

화령은 대답하지 않았다.

"따르겠냐고 물었다."

"다녀와서 고민해 볼게요."

화령은 그대로 돌아서서 밖으로 나섰다.

창가에 서서 두 사람을 지켜봤던 청포인이 비웃음을 머금었다.

"과연 받아들일까요?"

"제까짓 년이 뭐라고 감히 황후마마의 명을 거역하겠느냐. 걱정할 거 없다."

"화령의 성격이면 우리를 죽이려고 할지도 모를 일입니다. 조심하시죠. 아직 아무도 화령의 진정한 힘을 모르니까요."

"흥!"

흑포인은 싸늘히 콧방귀를 뀌었다. 화령쯤은 안중에도 없다는 자신감의 표현이었다.

그가 청포인에게 물었다.

"그 전에 너부터 확실하게 해 둬야지."

"뭘 말입니까?"

"누구의 편인지 확실히 해 두라는 말이다."

청포인이 빙그레 웃었다.

"황후마마께서 이룩하고자 하시는 대의에 감히 제가 반기를 들 수 있겠습니까? 저는 당연히 황후마마의 뜻에 따를 뿐입니다."

"죽어도 나를 따르겠다는 말은 하지 않는구나."

"오해는 마시죠. 황후마마께서 형님에게 전권을 주셨으니 곧 형님을 따르겠다는 말이 아니겠습니까?"

"그 말, 진심이어야 할 게다."

"물론 진심입니다."

흑포인은 탁자 위에 있던 물그릇을 입으로 가져갔다.

청포인이 물었다.

"사황자에게 인사는 해야 하지 않겠습니까? 아무리 그래도 황자가 아닙니까?"

"그래, 그래야겠지."

흑포인이 일어섰다.

"바로 가시게요?"

"궁금하구나. 그 작자가 도대체 어떻게 변했기에 황후마마께서 그토록 신경을 쓰시는지. 내가 직접 가서 봐야겠다."

"그럼 가시죠."

이환은 머리를 조아리는 흑, 청포인 두 명을 무심히 응시했다.

"황후가 보냈다고?"

"예, 대군."

이환이 슬그머니 미간을 좁혔다.

'북부군단으로 온 지 얼마나 되었다고 벌써 사람을 더 보내? 그 여자가 어지간히도 애가 탔던 모양이군. 하긴 서부군단 소식을 들었을 테니 그럴 만도 하겠군.'

이환은 몸을 뒤로 젖히며 말을 이었다.

"알았으니 가 봐."

"예. 하면."

흑포인과 청포인이 문고리를 잡을 때였다.

"누가 위지?"

"예?"

"화령이라는 여자와 너, 누가 위냐고 물었다. 그걸 알아야 앞으로 일이 생기면 의논할 거 아니냐."

흑포인이 대답했다.

"황후마마께서 제게 권한을 일임하셨습니다. 하니 필요한 게 있으시면 저를 불러 주십시오."

"그래? 그렇다면 뭐."

이환이 그만 나가 보라는 의미로 손을 휘휘 저었다. 흑포인과 청포인이 서로를 쳐다보고는 문을 열고 나갔다.

철무옥이 말했다.

"둘 다 보통이 아닌 거 같은데 말입니다. 특히 흑포인은 왠지 꺼림칙합니다."

"저는 청포인이 더 신경이 쓰이던데 말입니다."

"둘 다 예의 주시하도록 해. 그나저나 화령이라는 여자가 이 상황을 어떻게 받아들일지 궁금하군. 조금 전에 대답하는 걸로 봐서는 둘이 비슷한 위치인 것 같은데 말이야."

"내분이 일어나면 좋은 거 아니겠습니까?"

"그럼 내분이 일어나게 만들어 볼까?"

"어떻게 말입니까?"

"방법은 내가 찾아볼 테니까 그만 나가 봐. 좀 잘 테니까 깨우지 말고."

"예, 쉬십시오."

휘이잉!

강풍이 불어 대는 산악 지대.

채 녹지 않은 눈이 강풍에 휩쓸려 솟구치면서 시야를 방해했다. 화령은 천으로 얼굴의 반을 가린 채, 정찰병들과 함께 조나라 군영을 향해 접근했다.

군영이 가까워질수록 곳곳에서 은밀한 기운이 감지되었다.

선두의 무사가 손을 들어 모두를 멈추게 했다. 하지만 화령은 미처 신호를 보지 못하고 몇 걸음 더 나아가다가 비로소 멈춰 섰다.

[집중하시오!]

[미안.]

샐쭉 웃어 보이는 화령.

하지만 그녀의 속내는 전혀 평온하지 못했다. 지금 그녀의 머릿속은 온통 흑포인에 관한 생각으로 가득했다.

'온 지 얼마나 되었다고 나를 대신할 사람을 보내? 나에 대한 마마의 믿음이 이 정도밖에 안 되었나?'

의문과 더불어 황후를 향한 의심이 서서히 싹트고 있었다. 한번 치민 의심은 점점 그 크기를 더해 갔다.

그것은 실패를 모르고 승승장구해 온 자들의 치명적인 약점이었다.

쿡!

[화령 님, 이동합니다.]

여무사가 손가락으로 화령의 등을 찔렀다. 화령은 상념을 떨쳐 내고 다시 움직이기 시작했다.

[집중하지 못할 거면 그냥 돌아가시오!]

정찰병을 이끄는 무림인의 성난 전음성이 화령의 귓속으로 흘러들었다. 화령은 다시 한번 웃어 주는 걸로 답을 대신했다.

그때였다.

번쩍!

좌측 숲에서 섬광이 일었다.

퍽!

"컥!"

섬광은 한 정찰병의 목을 관통하고 뒤쪽 나무에 박혀 들었다.

퍽!

"적이다!"

"좌측이다!"

"우측에도 있습니다!"

파파팟!

치솟는 눈가루 너머에서 솟구쳐 오르는 자들이 있었다. 조나라의 무림인들이었다.

"빌어먹을, 뭐가 이렇게 많아!"

"대형을 갖춰라!"

연나라의 정찰병은 재빨리 검진을 형성했다. 화령과 여무사들이 검을 뽑으며 우측에서 달려드는 자들을 막아섰다.

화령의 두 눈이 백광을 뿜었다.

'안 그래도 짜증이 나 죽겠는데.'

그녀의 검이 허공을 갈랐다.

퍽!

"크악!"

잘린 머리가 채 땅에 떨어지기도 전에 화령은 또 다른 적의 허리를 잘랐다.

퍽!

"크아악!"

까가강!

콰지직!

"크악!"

"으악!"

교전이 시작되었다.

화령은 이곳저곳을 누비며 닥치는 대로 맹공을 퍼부었다. 감히 누구도 그녀의 상대가 되지 못할 것 같았다.

하지만 한 청포인이 나타나면서 분위기는 급변했다.

번쩍!

한 줄기 빛이 일어났다. 빛은 화령의 뒤에서 움직이던 여무사를 향해 섬전처럼 날아들었다. 여무사가 검막을 일으켜 날아드는 빛을 막아 냈다.

그런데.

쾅!

"아악!"

여무사가 비명과 함께 실 끊어진 연처럼 날아가서는 나무에 부딪친 뒤에 그대로 쓰러졌다.

쿵!

털썩!

화령이 황급히 돌아섰다.

시리도록 푸른 청포를 걸친 자였다. 그가 화령을 향해 다가오며 차갑게 웃었다.

"아주 매력적인 몸을 가졌군. 그 몸을 내가 취해 주지. 그러니 너무 사납게 굴지 마라. 그 아름다운 몸이 상하면 무척 아쉬울 테니까. 후후후."

꿈틀!

화령의 눈썹이 칼날처럼 휘어졌다.

"뭐래, 이 개자식이!"

찌이잉!

손목을 타고 올라오는 강력한 충격에 화령은 하마터면 검을 떨어뜨릴 뻔했다.

두 번의 격돌 만에 벌어진 일이었다.

투둑!

그녀의 코에서 흘러내린 피가 눈 위에 한 송이 혈화를 피웠다.

'이럴 수가…….'

무너진 자존심에 화령은 치를 떨었다.

반면 청포인도 뒤로 다섯 걸음 물러나며 전신을 휘청거렸다.

투두득!

그의 코에서도 피가 떨어졌다.

외견상으로는 엇비슷한 실력이었다. 하지만 청포인이 받은 충격은 화령을 넘어섰다.

'한낱 정찰에 나선 계집이 이렇게 강하다니…….'

그 역시 화령만큼이나 자존심이 강했다. 화령만큼이나 실패를 모르고 살아왔으며, 화령만큼이나 상부의 신임을 한 몸에 받고 있었다.

언호추(令狐秋).

언가(令家)의 대공자이며, 조나라가 주목하고 자랑하는 최강의 신진 고수가 바로 그의 정체였다.

화아악!

무너진 자존심은 곧 살기로 이어졌다.

언호추의 전신에서 일어난 강력한 기운에 주변의 눈이 마구 솟구쳤다.

파스스…….

"죽여 주마, 계집."

"언제는 이 아름다운 몸을 품겠다더니 그새 마음이 바뀐 거야, 개자식아?!"

화령도 자세를 고쳤다.

이미 전장에서 둘을 간섭하는 자들은 없었다. 아니, 이들에게 신경을 쓸 여유조차 없이 죽고 죽이는 혈전을 벌이고 있었다.

"네 정체가 뭐냐?"

"그러는 넌 뭔데?"

"언호추. 언가의 대공자다."

"언가? 난 또 어디 대단한 곳에서 왔다고."

화령이 침을 뱉고는 검을 들어 언호추의 미간을 겨눴다.

언호추가 다시 물었다.

"정체를 밝혀라."

"궁금하면 직접 내 입을 열어 봐."

팟!

언호추가 두 눈에서 살광을 폭사했다. 아무리 적이라도 무림에서 먼저 신분을 밝히면 받아 주는 것이 당연한 도리였다. 그것은 천 년을 이어 온 무림의 불문율이자 철칙과도 같은 것이었다.

그런데 화령은 그것을 무시했다.

언호추로서는 농락당했다는 기분이 들 수밖에 없었다.

"그래. 네 입을 찢어서라도 확인해 주마."

"사타구니나 조심해. 확 뽑아 버릴 테니까."

파스스!

서로의 기운이 충돌하며 치솟은 눈가루가 둘의 가운데에서 소용돌이 치기 시작했다.

그때였다.

삐이익!

갑자기 먼 곳에서 호각성이 울렸다. 고개를 쳐든 화령의 눈에 숲 위를 바람처럼 날아오는 자들의 모습이 비수처럼 파고들었다.

"퇴각하라!"

누군가의 외침이 터졌다.

뒤이어 연나라의 무림인들이 몸을 날리기 시작했다. 그 짧은 시간에 일반 무사들은 모두 죽임을 당한 후였다.

"속히 물러가야 합니다!"

여무사가 화령을 재촉했다.

화령은 어금니를 악물며 언호추를 죽일 듯 노려보았다. 그러고는 땅을 박차고 뛰어올랐다.

파팟!

언호추는 뒤를 쫓지 않았다.

그럴 수가 없었던 까닭이다.

"우웩!"

허리를 꺾으며 피를 게워 내는 언호추. 그런 그의 좌우로 세 명의 황포인이 떨어져 내렸다.

그중의 한 명이 참혹한 현장을 힐끗 쳐다보고는 언호추를 돌아보며 물었다.

"다쳤나?"

"별거 아니오."

애써 아닌 척을 했지만 언호추의 안색은 밀랍보다 더 창백하게 변해 있었다.

"제법 강한 상대를 만난 모양이군. 네가 내상을 다 입다니 말이야."

"관심 접으시오!"

신경질적으로 소리친 언호추가 서쪽을 향해 돌아섰다. 살아남은 언가의 무사들이 황급히 그를 쫓아갔다.

황포인은 동북 방향을 응시하며 미간을 좁혔다.

"아쉽군. 언호추를 저 지경으로 만들 정도의 고수를 죽일 기회를 놓치다니 말이야."

"지금이라도 뒤를 쫓을까요?"

"생각이라는 걸 좀 해 봐. 지금 쫓아가서 잡을 수 있을 거 같아? 이미 늦었으니 포기해."

"……예."

황포인이 돌아섰다.

그때 채 숨이 끊어지지 않은 조나라의 무사가 그의 발목을 잡았다.

"사, 살려 주시오."

팟!

황포인의 두 눈에 살기가 맺혔다. 뒤이어 발목을 잡은 손이 얼음이 부러지듯 맥없이 떨어져 나갔다.

"더럽게 어딜 만져."

군영으로 돌아가는 화령의 분위기가 무겁다 못해 한없이 어둡게 느껴졌다.

'내 책임인가?'

황후가 보낸 자들로 인해 한순간 흐트러졌던 집중력 때문에 적에게 발각되고 말았다. 그건 누가 뭐래도 그녀의 책임이었다.

화령은 앞서 걸어가는 무사들을 응시했다. 꽤 많은 이들이 죽어 숫자가 확 줄어 있었다.

'대군과 총사가 이것을 빌미로 삼아 나를 곤란하게 만들 수도 있다. 하면 나는 임무를 수행하지 못하게 되고, 그자는 또 그것을 부풀려서 황후마마에게 보고하겠지.'

화령은 황후를 떠올렸다.

지금껏 곁에 머물면서 지켜본 황후는 한번 마음이 돌아서면 절대 되돌리는 법을 모르는 사람이었다. 만약 일이 잘못되면 그 대상이 자신이 될 수도 있는 상황이었다.

'그러고 보니 여기 와서 지금껏 만화궁에 연락을 취하지 않았구나. 그래서 그들을 보내신 거야. 당신의 신표까지 줘 가면서.'

지끈!

머릿속이 복잡해지자 두통이 올라왔다.

화령은 자신도 모르게 숨을 토했다.

"후우……."

그때였다.

"화령님답지 않은 모습이셨습니다."

한 여무사가 말했다.

화령이 고개를 돌려 그녀를 돌아봤다.

"뭐?"

"집중력을 놓으시는 바람에 적에게 발각되고 말았습니다. 평소의 화령님이라면 절대 범하지 않을 실수였습니다."

"지금 내게 따지는 거야?"

"화령님을 위해 말씀드리는 것…… 컥!"

화령의 손이 여무사의 목을 움켜쥐었다. 화령의 두 눈이 청광을 머금었다.

"갑자기 내가 우습게 보였니?"

"크, 큭!"

으드득!

"그 개자식한테 충성하기로 맹세라도 한 거야?"

뼈가 으스러지는 소리에 이어 여무사의 머리가 옆으로 떨어졌다.

"무슨 짓이오?"

앞서가던 무림인들이 노호성을 터트렸다.

"닥쳐. 모두 죽여 버리기 전에 입 다물고 가던 길이나 가."

"……!"

화령의 전신에서 흘러나오는 강력한 살기에 무림인과 무사들이 흠칫하며 뒤로 물러섰다.

"지금 이 일, 결코 그냥 넘어가지 않을 것이오."

"가서 일러바쳐. 꺼져!"

잠시 후 결국 화령과 여무사들만 남았다.

"너희들도 먼저 가."

"화령 님은 어쩌시려고요?"

"난 천천히 갈게. 어서 가."

"……."

"말 안 들을 거야?"

"아, 아닙니다. 그럼 저희 먼저 가겠습니다."

여무사들도 곧 먼저 떠났다.

홀로 남은 화령은 자기 손으로 무참히 죽인 여무사를 내려다보며 눈빛을 가늘게 떨었다.

거의 십 년을 함께했던 여무사는 수하이기 이전에 친구이자 동료였다. 그런 사람을 한순간의 화를 참지 못하고 죽였다.

파르르…….

떨림이 손끝까지 전해졌다.

"미안해."

고미가 이환의 방으로 들어섰다.

"정찰에 나갔던 병력 대부분이 목숨을 잃었다고 합니다."

"화령 그 여자가 함께했던 병력을 말하는 거냐?"

"예. 그런데 그 여자가 산만하게 행동하는 바람에 적에게 발각되었다고 합니다. 그리고 돌아오는 길에 화를 참지 못하고 자신의 수하까지 죽였다고 하더군요."

"그래?"

이환이 입으로 가져가던 찻잔을 내려놓았다.

딸그락.

"이상하군. 그런 실수를 범할 정도로 정신 나간 여자는 아니던데 말이지."

"정신 나간 여자일 수도 있지 않겠습니까? 어쨌든 그 여자 때문에 아군이 큰 희생을 치렀으니 마땅히 처벌하셔야 합니다."

"처벌이라……."

이환은 찻잔을 입으로 가져가며 눈빛을 가라앉혔다. 그런 그의 머릿속에 전장에서 자신을 돌아보며 웃던 화령의 오만한 모습이 떠올랐다.

'어쩌면 눈알을 빼서 목걸이를 만들어 주는 것보다 더 좋은 게 있을지도.'

이환의 입가에 흐릿한 미소가 떠올랐다.

"돌아오면 내게 오라고 전해."

"그 여자 말입니까?"

"그래. 네 말처럼 아군에게 큰 피해를 줬으니 당연히 처벌해야지."

"어떤 처벌을 내리실지 여쭤봐도 되겠습니까?"

"아직 그것까진 정하지 않았다. 그런데 표정이 왜 그렇게 심각하지?"

"……제가요?"

"그래. 마치 불구대천의 원수를 눈앞에 둔 표정이잖아. 그 여자하고 무슨 일이라도 있었던 거냐?"

"아닙니다. 그냥 조금 피곤해서…… 그럼, 저는 이만 나가 보겠습니다."

이환은 황급히 밖으로 나가는 고미의 뒷모습을 응시하며 미간을 좁히다가 뭔가를 떠올리고는 이내 고개를 끄덕였다.

"오늘따라 월주가 좀 이상하지 않습니까?"

"예민한 날인 모양이지."

"아……."

주태가 머리를 긁적이며 멋쩍게 웃었다.

철무옥이 물었다.

"그 여자는 어찌하실 겁니까?"

"죽이는 건 숙고해 봐야 할 문제다. 일단은 그것보다 더 나은 방법을 찾아봐야지."

이환은 자리를 떨치고 일어섰다.

"수련할 거니까 특별한 일이 없으면 방해하지 말도록."

"알겠습니다."

화령은 저녁 무렵에 돌아왔다.

그녀는 곧장 총사 곽충무를 찾아가 해명할까 하다가 일단 막사로 향했다.

들어서는 그녀를 가장 먼저 맞은 이는 청포인과 흑포인이었다.

화령은 막사 한쪽에 머리를 숙인 채 서 있는 여무사들을 힐끗 쳐다보고는 대충 상황을 짐작했다. 그녀는 청포인의 맞은편에 앉으며 냉수를 한 그릇 마셨다.

탁!

화령은 흑포인을 똑바로 쳐다보며 턱을 살짝 치켜들었다.

"무슨 일이죠?"

"수하를 죽였다고 들었다. 사실인가?"

"예."

"왜 죽였는지 해명부터 들어야겠는데."

"그걸 왜 당신들에게 해명해야 하죠?"

"황후마마께서 내게 전권을 일임하셨다는 걸 벌써 잊은 모양이군. 그러니까 지금 너는 저들의 수장이 아니라 내 수하로서 내게 보고해야 할 의무를 다하면 되는 것이다, 화령."

"싫다면요?"

화령의 꼿꼿한 태도에 흑포인은 고개를 저으며 흐릿하게 웃었다.

"감히 황후마마의 뜻을 거역할 셈인가?"

"마마가 아니라 당신의 욕심이겠죠. 당신은 언제나 나를 향한 황후마마의 신뢰를 못마땅하게 생각했으니까. 그것 때문에 이곳으로 자청해서 온 거 아닌가요? 어떻게든 꼬투리를 잡아서 나를 무너뜨리려고."

피식.

흑포인의 웃음이 짙어졌다. 팔짱을 끼고 지켜보던 청포인도 실소를 머금었다.

흑포인이 말했다.

"내가 자청해서 온 것이라 착각하고 있군."

"마마께서 보내셨소. 이곳 일이 잘 풀리지 않는 것 같으니 가서 어떻게 된 일인지 알아보라고 말이오. 한데 와서 보니 문제가 아주 심각한 거 같소. 이래서야 어디 황후마마의 명을 제대로 이행할 수나 있겠소?"

청포인이 처음으로 입을 열었다.

화령은 그를 쳐다보지도 않고 흑포인만 직시했다. 흑포인이 품속에서 황후에게서 받은 패를 꺼내 탁자 위에 올렸다.

탁!

"이만 만화궁으로 돌아가라. 이건 내가 아니라 황후마마의 뜻으로 내리는 명령이니 따라야 할 것이다, 화령."

꿈틀.

화령의 눈썹이 날카롭게 휘어졌다.

그때 청포인이 가슴에 품고 있던 검을 살짝 밀어 올렸다.

딸깍.

검신이 살짝 올라오며 실내에 얼음장 같은 냉기가 퍼져나갔다. 그가 웃으며 말했다.

"서로 불상사는 없도록 합시다."

"불상사는 당신들이 자초하고 있는 것 같은데?"

"그럴 리가. 우린 그저 황후마마의 명을 받고 이곳에 온 것뿐이오."

"마마께서 정말 이러라 지시하셨단 말인가요?"

"명령에 불복하면 그 이상도 허락하시겠노라 하셨소."

파르르…….

화령의 눈빛이 흔들렸다.

청포인이 언급한 그 이상이 무엇을 의미하는지 굳이 듣지 않아도 알 수 있었다.

'정말 그랬단 말이지?'

화령은 가슴이 끓었다.

더 분노가 치미는 건 자신과 생사고락을 함께해 온 수하들이 꿀 먹은 벙어리처럼 가만히 있다는 점이었다.

평소였다면 청포인이 검을 밀어 올렸을 때, 즉각 반응했어야 옳았다.

"마마께서는 단 한 번의 실패조차 용납하지 않는 분이라는 걸 명심했어야 했다, 화령."

흑포인이 일어섰다.

하지만 화령은 미동조차 할 수 없었다.

'닥쳐! 난 실패하지 않았어. 더 확실한 기회를 노리며 기다렸을 뿐이야. 그런데 왜…….'

화령은 목구멍까지 넘어온 그 말을 집어삼켰다. 그건 흑포인이 아니라 황후를 향한 외침이었다.

흑포인이 화령의 뒤로 움직이며 물었다.

"마지막으로 묻겠다. 황후마마의 명에 따를 테냐?"

그런 흑포인의 손이 검파에 얹혔다.

(적룡무제 7권에서 계속)